张萍 著

清平盛世抒情怀
——张萍诗选

文化发展出版社
Cultural Development Press
·北京·

图书在版编目（CIP）数据

清平盛世抒情怀：张萍诗选 / 张萍著． — 北京：文化发展出版社，2023.5
ISBN 978-7-5142-3850-1

Ⅰ．①清… Ⅱ．①张… Ⅲ．①诗集-中国-当代 Ⅳ．①I227

中国版本图书馆CIP数据核字(2022)第190946号

清平盛世抒情怀——张萍诗选

张　萍　著

出版人：	宋　娜		
责任编辑：	杨　琪　管思颖	责任校对：	岳智勇
责任印制：	邓辉明	封面设计：	郭　阳

出版发行：文化发展出版社（北京市翠微路2号　邮编：100036）
发行电话：010-88275993　　010-88275710
网　　址：www.wenhuafazhan.com
经　　销：全国新华书店
印　　刷：天津嘉恒印务有限公司

开　　本：710mm×1000mm　1/16
字　　数：93千字
印　　张：25.25
版　　次：2023年6月第1版
印　　次：2023年6月第1次印刷

定　　价：98.00元
ＩＳＢＮ：978-7-5142-3850-1

◆ 如有印装质量问题，请与我社印制部联系　电话：010-88275720

抒情：诗歌的主要艺术功能
——《清平盛世抒情怀》序

阎凤梧

诗歌的艺术功能是什么？答曰：主要是抒情。为什么要冠以"主要"二字呢？因为它还有其他功能，但主要是抒情。

中国诗歌史上关于诗歌的艺术功能有两种说法，一为诗言志，一为诗缘情。"志"是什么？《毛诗序》先说："诗者，志之所之也。在心为志，发言为诗。"意为心里想到的内容用语言表达出来就是诗。这个定义包罗万象，囊括了人类全部的思想。《毛诗序》接着又说："情动于中，而形于言。言之者不足，故嗟叹之；嗟叹之不足，故咏歌之；咏歌之不足，则不知手之舞之，足之蹈之也。"这又把诗视为可以歌咏的作品了，而抒情诗正是可以歌咏的。《毛诗序》对诗的解释比较模糊，可以把诗视为思想的表达，也可以视为情感的表达，这反映了古代文体概念尚不明确的状况。魏晋时期陆机的《文赋》第一次提出了"诗缘情而绮靡"，明确了诗的艺术功能是抒情，并且把诗和赋、碑、诔、铭、箴、颂、论、奏、说等文体的功能区别开来。"诗缘情"说的确立，促进了魏晋以后抒情诗的发展。唐代对"志"的理解更加明确具体。多年前我曾见到以下资料，《左传·昭公二十五年》载："是故审则宜类，以制六志。"杜预注："为礼以制好、恶、喜、怒、哀、乐六志，使不过节。"孔颖达注："此六志，《礼记》谓之六情。在己为情，情动为志，情志一也。"他们把志、情视为同一概念。在我看来，志、情还是有一定区别的。志的主要指向是某种思想活动，情的主要指向是某种情感状态，而诗则是情感的抒发。后来刘勰曾说："诗者，持也，持人性情。"（《文心雕龙·明诗》）白居易说得更肯定："诗者，根情、苗言、华声、实义。"（《与元九书》）情是诗的根本，诗的灵魂。很显然，诗是情感的语言表达形式。诗固然可以说理、叙事、写景，但这不是它的优势。说理诗再好，比不上哲学论文说得详备透彻；叙事诗再好，比不上小说叙述得详尽生动；写景诗再好，比不上绘画、摄影作品的形象鲜明。由于诗歌艺术功能理论的长足发展，才出现了唐代抒情诗的空前繁荣。

张萍教授是我的同学。入学不久，便以多写、善写抒情诗而称誉于同学之中。他好像是一个天赋的"情种"，心地纯真善良，还有几分"幼稚"。他对130多位同学都抱有深深的爱，浓浓的情。他爱同学们，同学们也把他当作小弟弟加以爱护。正是由于这种先天禀赋，加之接受了系统的文学教育，使他数十年来一直以传统诗歌理论的自觉精神，坚持以抒情为主的诗歌创作。从这本诗集中可以看出，张萍能够满怀热情地去观察、体验、拥抱世上的万事万物，把天地山川、花鸟鱼虫等视为知己，情同手足。例如《竹》："高雅心虚贵，刚柔备一身。四时皆绿色，霜打更精神。"竹子不是单纯的自然物，而是人格化了的正直之士。《墨》："松涛入砚台，顷刻黑云来。浓淡绘书画，千年色不衰。"墨水化为松涛，身边像有一个书童帮他作书绘画，变无情物为有情物。天地生万物，草木亦有情。你对草木有情，草木也对你有意。有一句歌词是"让世界充满爱"，张萍则是心中充满爱。在他的笔下，一切自然景物或春意盎然，或润泽清爽，或生机勃勃，绝少凄凉萧瑟之感。

在人类感情生活中，亲情、友情、爱情是最真实、最牢固、最动人的。张萍的这三类诗，是诗集中最精彩的篇章。他是一位孝子，想念母亲的诗最多最好。"繁花如海又逢春，梦里回乡疑是真。轻叩柴门怕声响，油灯下有补衣人。"（《梦母》）思母之情既深且长，由日而夜，由醒而梦，亦真亦幻，似梦非梦，写出了人们的共同感受，因而感人至深。怀母诗很难写，因为母恩如海，非笔墨所能形容。张萍对此深有体会，他写道："欲书怀母意，夜寂一灯孤。天亮纸无字，满纸泪模糊。"（《怀母》）其情其景，人人共鸣。张萍是一位重视友情的人，对同窗挚友始终念念不忘。我们毕业60余年，同学们均已进入耄耋之年，行动不便，很少聚会。一次太原的几位同学在母校相聚，他闻讯从北京赶来。在会见大厅中，只见他白雪满头，步履蹒跚，一手扶杖，一手牵妻，腰屈难伸，耳聋重听，仍然兴致勃勃地与同学们叙旧谈今，其乐融融。事后他回忆道："柳岸秋风夜，常怀欢聚时。情深如手足，挥笔寄相思。"（《怀念大学同窗聚会》）拳拳之情，永忆难忘。张萍是一位忠于爱情的人，几十年来他们的夫妻之情如鹣如鲽，形影不离，恩爱情深，令人称羡。《初恋忆》中回忆了当年初恋时的情景："相逢湖畔吐情怀，两朵红云上玉腮。长忆当年初恋日，真情满腹心难猜。"真是历久弥新，老而愈亲。两地分居时写的《怀人》："天天做梦了无痕，芳草池荷绿映门。桃李飘落春已去，哪堪风雨立黄昏。"无尽的思念，无尽的等待，急切之情溢于言表。张萍晚年多病，全赖老伴无微不至的照料，这是有坚实深厚的感情基础的。他对此心怀感恩："相牵相爱不知愁，相伴相随到白头。相靠相依一辈子，老来网上逗风流。"（《同窗老伴网上聚》）如此相依为命、相濡以沫、百年不渝的恩爱夫妻，是张萍夫妇的幸福，也是同学们的学习榜样。"问世间，情是何物，直教生死相许？"（元好问《摸鱼儿·雁丘词》）张萍的爱情生活对此作了最好的回答。

  张萍有一首《写诗感怀——通俗》："通俗古风原是本，抒情造境才成诗。高歌大众举杯颂，痛斥文癔口号辞。"为抒情而设景，情为主，景为辅，道出了写诗的真谛。文癔式的口号辞之所以长期存在，根本原因是没有真情实感，不懂得抒情是诗歌的艺术功能。

  在《清平盛世抒情怀——张萍诗选》付梓之际，谨以此文向张萍夫妇表示祝贺！

2022年1月27日于山西大学

拜读"百花吟"

诗人张萍教授将其新作中的"百花吟"部分诗稿发我赏阅，我成为最先的读者之一，不胜欣兴。早就钦慕张萍教授的诗才和书艺，如今又拜读其"百花吟"，更令我叹为观止。

"百花吟"的"短歌篇"和"诗词篇"分别以诗的艺术语言将百多种花卉绘成一幅幅有形有色有香的图画，生动形象，色彩斑斓。

首先入目的十多首牡丹吟，品种多种多样，光是颜色就有红、白、绿、黄、黑五种，各具特色，且芬芳四溢。红牡丹"红颜对朝阳""轻染口脂香"；白牡丹"乳白衣衫仙女裁""无色花更香"；绿牡丹"花比翡翠真""朵朵绿云天边生"；黄牡丹"姚黄西子妆""如霞闪金光"；黑牡丹"奇遇丹仙着墨装""黑衣少女竟成王"。还有不同地区的牡丹，"汉宫国色抗皇娘，幸免杀头贬洛阳"，是洛阳的牡丹；"绿翠红香满地霞，春临平野绽奇葩"，是曹县的牡丹；"花开平野香铺地，菏泽牡丹秀可餐"，是菏泽的牡丹。不同地区不同品种的牡丹，都是"五彩缤纷国色香，雍容富贵黯群芳"。牡丹的品格也令人赞赏："闪金光"的黄牡丹，却"无意夺魁上殿堂"；"天边生"的绿牡丹，却"无意妆成富贵春"；有情的白牡丹、黑牡丹则"天香国色为君开""但愿浓情永不衰""为伴郎君独自开"。将牡丹作拟人化描绘尤显其姿态灵动："缥缈仙姑弄羽裳""黑衣少女登瑶台""万绿丛中笑欲狂"；而把牡丹喻为"仙姑""少女"，颇具亲切感。

继续赏阅全集，真有进入百花园"乱花渐欲迷人眼"的感觉。

花，千姿百态：荷花亭亭玉立，吊兰悬空垂吊优哉游哉，牵牛花枝条细软攀附轻松敏捷，向日葵频繁转头向太阳，蝴蝶花高挑展翅舞翩跹。

花，五颜六色：桃花红，梨花白，菊花黄，藤萝紫，玫瑰蓝，文竹绿，一枝多色更美艳。

花，香有浓淡：月季、栀子，浓郁香；梅花、水仙，清幽香。

花，品格各异：梅花，凌寒独开不争春；莲花，出淤泥而不染；仙人掌，耐旱孤高无媚骨；雪莲，洁身远红尘。

花，功用不凡：金银花、罂粟花可药用，韭菜花、黄花菜可食用；各种果蔬必定先后开花自不待言。

于是有感焉：百花盛开，美化大地；四季有花，愉悦众生；苑圃多花，陶醉游客；庭院栽花，生意盎然；室内养花，悦目怡神；蜜蜂采花，酿成甜蜜；果蔬开花，结实供人；访尊奉花，深表敬意。至于诗人吟花，乃是情趣高雅，尤其耐人寻味！

期盼诗集早日付梓，以飨读者。

许传海

2022年1月2日

目录

闲情抒怀

偶成（代序） …………… 002
送郑文泮回雁北 ………… 002
哭李家明兄 ……………… 002
山溪 ……………………… 003
江河 ……………………… 003
给李绪守老师 …………… 003
春归 ……………………… 004
秋夜 ……………………… 004
对月 ……………………… 004
怀母 ……………………… 005
思母 ……………………… 005
备课 ……………………… 005
怀念黄克伦兄 …………… 006
中国共产党建党八十周年
感怀 ……………………… 006
任教长治市老年大学感怀 … 006
偶感（一） ……………… 007
新岁偶成 ………………… 007
给杨世诚兄 ……………… 007
赠王光松、冀玉英二医家 … 008

寄信感怀 ………………… 008
春游古运河 ……………… 008
中秋赏月 ………………… 009
金福艺农吟 ……………… 009
秋风送秋雁 ……………… 009
古运观赏天鹅 …………… 010
雾霾出门有感 …………… 010
竹 ………………………… 010
甲午年偶感 ……………… 011
笔 ………………………… 011
墨 ………………………… 011
纸 ………………………… 012
砚 ………………………… 012
乡愁 ……………………… 012
怀念大学同窗聚会 ……… 013
丙申中秋思同窗 ………… 013
京华初雪 ………………… 013
雪夜感怀 ………………… 014
同窗聚会 ………………… 014
苍松 ……………………… 014
山竹 ……………………… 015
女书法家 ………………… 015

读卫俊杰诗感怀	015	饮茶感怀	024
怀旧	016	返乡	024
初恋忆	016	习书	025
梦归	016	重逢马德保	025
春梦	017	给张承纲兄	026
惜别	017	百年校庆相聚山大校园	026
怀人	017	同窗聚会山西省老干部中心	026
情未了	018	给马作楫先生	027
清明	018	习诗自问	027
十月	018	书法	027
晨雨后	019	给简世祥乡友	028
调高校任教有感	019	贺马作楫文集出版	028
望月兴叹	019	偶感（二）	028
哭母归天	020	给王可仁兄	029
哭母归来	020	给秦凤俊兄	029
静夜思	020	大学同窗相知五十年相聚	029
消愁	021	重逢偶得	030
梦母	021	答友人	030
扫母坟	021	古稀乐	030
想母	022	告诫学子	031
回故乡	022	勉儿孙	031
祭扫烈士陵	023	微雨	031
杏坛一黄牛	023	嫦娥一号奔月感怀	032
春晨	023	采茶	032
相约	024		

游晋祠思故友 032	和傅业诗 041
照镜偶得 033	观梅偶得 042
重逢 033	端阳偶感（二） 042
梅 033	逛运河 042
兰 034	渔歌 043
竹 034	荷塘 043
菊 034	荷花 043
松 035	运河风光 044
老小逗 035	绿 044
望月 035	赏斌子画作感怀 044
北雁南飞 036	鹊桥会 045
写诗感怀——通俗 036	步凤梧兄《八四抒怀》 045
写诗感怀——意境 036	致罗广德兄 046
写诗感怀——读书 037	同窗老伴网上聚 046
秋词 037	老来福 047
夜梦庄头 037	秋日偶感 047
登长城感怀 038	迎春 048
夜观香港 038	退休 049
秋日小院 038	郊游 049
和苏建洲 039	重阳赏菊 050
春晨遇雨 039	春雪 050
端阳偶感（一） 040	闲居 051
给傅业老弟 040	同窗聚会 051
和傅业并步其韵 040	看同窗兰姐 052
雨中赏荷 041	与夫人文英银婚有感 052

访张永祥老友 …… 053	遥寄王怀中同学 …… 065
会老友乔建业 …… 053	大学同窗相聚太原感怀 …… 066
给阎凤梧兄 …… 054	银婚致老妻 …… 066
梧桐吟 …… 054	嫦娥一号升天记 …… 067
别张书生 …… 055	九九寄语 …… 067
兔年春节诗寄承纲兄 …… 055	读崔发库兄《山村记事》…… 068
古运踏青 …… 056	哭恩师姚奠中先生 …… 068
寄语承纲、雪瑞 …… 056	辛亥百年看黄埔军校旧址 …… 069
羊年颂羊 …… 057	七十五岁生日感怀 …… 069
徐景发《心若止水》再读 …… 057	苏东坡书法集观后感 …… 070
送马涛赴美读研 …… 058	贺马作楫恩师九十大寿 …… 070
张旭林师弟 …… 058	给许传海兄 …… 071
老同学相聚感怀 …… 059	遥寄张旭林师弟 …… 071
梦归故园 …… 059	徐景发《心若止水》
戊戌端午感怀 …… 060	读后感 …… 072
韩美林大师 …… 060	抗战胜利七十周年感怀 …… 072
丙寅春节 …… 061	端午感怀 …… 073
六十抒怀 …… 061	己亥端午怀屈原 …… 073
登老顶山赏菊有感 …… 062	庚子年同窗相聚感怀 …… 074
九九重阳与妻共餐 …… 062	读侯桂柱小说感怀 …… 074
看长治市老年大学书画展 …… 063	忆秦娥·大炼钢铁 …… 075
闲居偶感 …… 063	长相思·怀旧 …… 075
赠学生 …… 064	玉楼春·村姑 …… 076
给陶惠民老师 …… 064	水仙子·忆旧 …… 076
寒室吟 …… 065	忆江南·长相见 …… 077

画楼空·思人	077	短歌四章	090
长相思·思人	078	秋波媚·秋思	091
如梦令·忆旧	078	踏莎行·忆雪梅	091
鹧鸪天·春思	079	鹧鸪天·客居异乡抒怀	092
捣练子·秋思	079	和谐（自度曲）	092
踏莎行·山村女教师	080	阮郎归·思一统	093
思帝乡·偶成	080	金缕曲·七十抒怀	093
北风吹（自度曲）	081	采桑子·定居京都	094
忆秦娥·旗手	081	江城子·老同学相会太原	094
竹枝词	082	夜如年·寄杨雪瑞同窗	095
梦（自度曲）	082	夜如年·寄曹玉琰同窗	095
西江月·中秋	083	鹊桥仙·重逢	096
忆秦娥·中秋夜	083	寄王金环同窗（自度曲）	096
行香子·又上新楼	084	春游古运河（自度曲）	097
浪淘沙·梦游仙	084	西江月·遥寄方绪远夫妇	097
点绛唇·七夕	085	鹧鸪天·古稀感怀	098
钗头凤·重逢	085	吴志刚同窗论著读后（自度曲）	098
鹧鸪天·秋晨	086	哭苏世庸同窗（自度曲）	099
长相思·给崔家声兄	086	卖花声·与傅敬业再逢有感	099
鹧鸪天·偶感	087	卖花声·读师弟石青短信	100
一剪梅·梦旧	087	西江月·忆旧	100
浣溪沙·辛亥革命	088	漫步颐和园西堤（自度曲）	101
阮郎归·夜游滨河公园	088		
写给傅业老同学（短歌）	089		
长相思·重逢李双庆	089		

水调歌头·闲居 …… 101	虞美人·寻梦 …… 113
西江月·山溪 …… 102	鹧鸪天·有感各国孔子
卜算子·哭杨恩选同窗 …… 102	学院 …… 113
鹧鸪天·嫦娥二号升天 …… 103	鹧鸪天·深秋感怀 …… 114
西江月·山泉 …… 103	小桃红·猪年感怀 …… 114
梦遇侯桂柱同窗	长相思·病发感怀 …… 115
（自度曲）…… 104	浣溪沙·给南韵玲同窗 …… 115
鹧鸪天·诸同窗金婚感怀 …… 104	忆秦娥·哭张承纲兄 …… 116
惜芳菲·盼春 …… 105	
江城子·梦遇 …… 105	## 故乡情深
江城子·哭车继红 …… 106	
鹧鸪天·思旧 …… 106	山居秋景 …… 118
长相思·偶感 …… 107	山居夜雨后 …… 118
相见欢·梦遇辛亮兄 …… 107	忆松蓬庙 …… 118
牙牙学书（自度曲）…… 108	来村忆 …… 119
登望海楼（自度曲）…… 108	春过高平梨乡 …… 119
雾霾（自度曲）…… 109	过阳城郭峪古城 …… 119
鹧鸪天·丙申首日京华	看东四义荷塘 …… 120
落雪 …… 109	泽州天井关 …… 120
浣溪沙·给傅业宝琦同窗 …… 110	庄头村外夜乘凉 …… 120
长相思·中秋抒怀 …… 110	庄头村 …… 121
长相思·同窗聚会 …… 111	登珏山 …… 121
一剪梅·八十抒怀 …… 111	珏山吐月 …… 121
水调歌头·金婚感怀 …… 112	子抱母柏 …… 122
长相思·梦遇秦凤俊兄 …… 112	青莲寺银杏树 …… 122

郭壁五龙泉	122	来村凤栖观	131
秋过高平梨乡	123	泽州元宵灯会	131
过长平	123	返乡	132
来村元宵节	123	深山寻碑陵川二仙庙	132
拜谒赵树理坟	124	雨后珏山	133
泽州元宵灯会	124	东四义村	133
过巴公原	124	夏游东四义	134
重登珏山顶	125	秋登王屋山	134
再登珏山感怀	125	暮入太行峡谷	135
珏山春	125	晋城感怀	135
郭壁泉水	126	晋师附小看老邻	136
夜过丹河大桥	126	山乡农家院	136
泽州春	126	故乡感怀	137
春忙	127	孔子回车	137
泽州三姑泉	127	郭壁山居抒怀	138
三姑泉感怀	127	来村凤凰台	138
皇城相府游	128	来村花盆松感怀	139
春游九女湖	128	重返郭壁村	139
太行红叶	128	蟒河猴山行	140
太行观落日	129	晋城新城	140
过山耳东村	129	回乡感怀	141
庄头红果树	129	古稀返乡有感	141
太岳松	130	泽州青莲寺	142
大阳文峰塔	130	晋城	142
来村花盆松	130	登高感怀	143

游珏山风景群 …………… 143	西江月·巴公元宵灯会 ……… 155
白马拖缰（短歌）………… 144	南歌子·探乡亲 …………… 155
天净沙·郭壁晚照 ………… 144	鹧鸪天·巴原夏收 …………… 156
忆江南·珏山好 …………… 145	鹧鸪天·车过焦赞城、
西江月·太行松 …………… 145	孟良寨 ……………………… 156
行香子·太行秋色 ………… 146	鹧鸪天·青莲赏月 …………… 157
忆江南·返乡有感 ………… 146	清平乐·登白马寺山 ………… 157
天净沙·夕照太行山谷 …… 147	长相思·乡愁 ………………… 158
天净沙·太行水乡春 ……… 147	长相思·思乡 ………………… 158
天净沙·太行水乡秋 ……… 148	长相思·返乡 ………………… 159
采桑子·晋城 ……………… 148	长相思·老院 ………………… 159
采桑子·春过沁水 ………… 149	长相思·上坟 ………………… 160
行香子·太行山谷 ………… 149	鹧鸪天·登南岭 ……………… 160
过高平城（自度曲）……… 150	生查子·过沁河 ……………… 161
王莽岭遇旧友（自度曲）… 150	一剪梅·沁河农民 …………… 161
巫山一段云·春忙 ………… 151	破阵子·重游沁水有感 ……… 162
巫山一段云·重游青莲寺 … 151	渔家傲·沁水一瞥 …………… 162
浪淘沙·晋城解放六十周年、	采桑子·锦溪落花 …………… 163
建市二十周年 ……………… 152	采桑子·梦现白水秋波 ……… 163
浪淘沙·春过四义荷塘 …… 152	采桑子·碧落卧云 …………… 164
清平乐·太行暮春 ………… 153	行香子·梦还故乡 …………… 164
鹧鸪天·巴公五月 ………… 153	大阳香山游 …………………… 165
江城子·返乡 ……………… 154	王莽岭秋色赋 ………………… 166
鹧鸪天·庄头春天 ………… 154	

山水吟　祖国情

上太行	170
晨游太行	170
双峰插云	170
断桥残雪	171
湖心亭韵事	171
看神女峰感怀	171
壶口瀑布感怀	172
过三峡	172
乐山大佛	172
游北京蟒山	173
游峨眉过清音阁	173
龙门看黄河	173
望雁荡山灵峰	174
卢沟桥感怀	174
岳阳楼	174
嘉峪关	175
北京龙凤山	175
走进太行山谷	175
登太行感怀	176
秋游秦淮河	176
游秦淮河感怀	176
南京瞻园	177
游武昌黄鹤矶	177
过武汉长江大桥	177
平湖秋月	178
苏堤春晓	178
钱塘晚照	178
钱塘暮色	179
六和塔观潮	179
过汨罗江感怀	179
过君山见斑竹感怀	180
洞庭所见	180
桂林	180
桂林独秀峰	181
孤峰夕照	181
漓江游	181
漓江所见	182
游长江	182
早发山城	182
游长城	183
游十三陵水库	183
看什刹海老者垂钓	183
寻鹳雀楼	184
登鹳雀楼	184
壶口瀑布	184
看壶口瀑布有感	185
观壶口瀑布感怀	185
骑马过内蒙荒漠	185

长治美 …………………… 186	扬州游 …………………… 194
过太行太岳烈士陵园 …… 186	登岳麓山 ………………… 194
游洛阳龙门 ……………… 186	黄鹤楼旧迹抒怀 ………… 195
看塔林 …………………… 187	漓江游 …………………… 195
看牡丹败落有感 ………… 187	桂林木龙古渡 …………… 196
看牡丹未开有感 ………… 187	暮过风陵渡 ……………… 196
洛阳看牡丹 ……………… 188	解州关帝庙 ……………… 197
漳泽湖春 ………………… 188	重游上党战役旧址 ……… 197
漳河暮色 ………………… 188	登宁夏海宝塔 …………… 198
登龙庭恰逢重阳 ………… 189	洛阳关林游感怀 ………… 198
太行春早 ………………… 189	横山看瀑布 ……………… 199
长治春浓 ………………… 189	丽江古城游 ……………… 199
武乡王家峪八路军总部 … 190	桂林赏桂树 ……………… 200
武乡八路军抗日纪念馆 … 190	三峡游 …………………… 200
游悬空寺 ………………… 190	游日月潭 ………………… 201
云岗石窟 ………………… 191	游杜甫草堂 ……………… 201
看开封府 ………………… 191	游五台圣地 ……………… 202
洛阳白马寺 ……………… 191	登望海峰 ………………… 202
少林寺达摩初祖 ………… 192	何园游 …………………… 203
春到运河 ………………… 192	扬州琼花 ………………… 203
九寨沟看瀑布 …………… 192	春雨过山塘 ……………… 204
夜重庆 …………………… 193	望武当山天柱峰 ………… 204
西柏坡吟 ………………… 193	款步武功山 ……………… 205
游莫愁湖 ………………… 193	登滕王阁 ………………… 205
望雪山 …………………… 194	扬州瘦西湖游 …………… 206

与全国诗词作家游西山	206	黄河抒怀（古风）	219
泰山顶抒怀	207	过剑门（骚体）	220
泰山观日即景	207	镇江抒怀	221
海南三亚行	208	张家界抒怀	222
运河漫步	208	潇湘神·长沙	223
古渡张家湾	209	西江月·桂林溶洞	223
登山海关镇东楼	209	鹧鸪天·桂林游	224
黄山迎客松	210	鹧鸪天·烟雨漓江	224
登岳阳楼感怀	210	清平乐·上党春色	225
长安吟	211	天仙子·看壶口瀑布	225
北岳恒山	211	天净沙·桃江拥翠	226
岳庙感怀	212	天净沙·丽江古城	226
漓江吟	212	鹧鸪天·重游桂林感怀	227
拿云览胜	213	忆江南·长治好	227
碑林吟	213	天净沙·榕湖春晓	228
登老顶山桃花欲谢	214	天净沙·芦笛仙宫	228
少林吟	214	天净沙·西峰夕照	228
漫步红石峡	215	鹧鸪天·长治新貌	229
过三峡	215	鹧鸪天·开封龙庭游	229
看三峡大坝	216	采桑子·隐山六洞	230
同窗携手游晋祠	216	长相思·象山水月	230
湘西游	217	江南春·花桥映月	231
长白山天池	217	霜天晓角·桂海碑林	231
黄山游	218	蝶恋花·游桂林感悟	232
骊山游	218	忆王孙·桂林老人山	232

阳寿曲·桂林古榕树	233	临江仙·胶东游	245
浣溪沙·长治春	233	看阳朔大榕树（自度曲）	246
长相思·通州春早	234	草原（自度曲）	246
西江月·通州赏春	234	登黄鹤楼（自度曲）	247
江城子·古运行	235	卢沟桥（自度曲）	247
江南春·通州春	235	游郑州花园口（自度曲）	248
鹧鸪天·春游张湾	236	龙庭赏菊（自度曲）	248
长相思·九寨游	236	雨后看西山（自度曲）	248
江南好·雨花台感怀	237	西湖荷塘所见（自度曲）	249
摊破浣溪沙·长白山	237	傍晚西子湖（自度曲）	249
长相思·上峨眉	238	大理游（自度曲）	250
鹧鸪天·观大明湖喷泉	238	观杜甫草堂感怀（自度曲）	250
西江月·香港笔架山	239	太白楼感怀（自度曲）	251
鹧鸪天·秦淮游感怀	239	剑门吟（自度曲）	251
长相思·舟山游	240	望喜马拉雅山（自度曲）	252
木兰花·张家界	240	中山陵感怀（自度曲）	252
浪淘沙·巧遇修坝人	241	武夷山玉女峰（自度曲）	253
如梦令·游瘦西湖	241	望丹霞山（自度曲）	253
山坡羊·武陵源	242	登庐山感怀（自度曲）	254
采桑子·海南感怀	242	庐山吟（自度曲）	254
长相思·过瓜洲有感	243	春游鄱阳湖（自度曲）	255
相见欢·海南游	243	登山海关（自度曲）	255
临江仙·游天涯海角	244	闲游圆明园荷花正开（自度曲）	256
渔歌子·三亚	244		
忆秦娥·古运秋月夜	245		

过嘉峪关（自度曲）	256	雪梅（一）	268
登嘉峪关（自度曲）	256	山梅	269
游太湖（自度曲）	257	墨梅	269
登三清山（自度曲）	257	腊梅	270
黄山观日（自度曲）	258	扫帚梅	270
登百步云梯（自度曲）	258	水仙	271
登花莲峰（自度曲）	258	报春花	271
登石柱峰（自度曲）	259	幽兰	272
登宝塔峰（自度曲）	259	白兰	272
婺源游（自度曲）	260	春兰（一）	273
过娘子关遇雨（自度曲）	260	夏兰	273
过居庸关（自度曲）	261	秋兰	274
泛舟古运河（自度曲）	261	冬兰	274
		墨兰	275

百花吟（短歌篇）

		蝴蝶兰（一）	275
		君子兰（一）	276
牡丹（一）	264	玉兰花（一）	276
红牡丹	264	迎春花（一）	277
白牡丹（一）	265	海棠树	277
黑牡丹（一）	265	海棠花（一）	278
绿牡丹	266	杏花（一）	278
黄牡丹	266	桃花（一）	279
蓝牡丹	267	梨花（一）	279
梅花	267	杨花（一）	280
红梅	268	柳絮	280

榆英	281	芭蕉	293
槐花（一）	281	牵牛花（一）	293
李花（一）	282	睡莲（一）	294
荷花（一）	282	铁树	294
秋荷	283	文竹（一）	295
野荷	283	菊花	295
莲荷	284	山菊花	296
令箭荷	284	翠菊花	296
月季	285	仙人掌花	297
石榴	285	佛桑花	297
杜鹃花（一）	286	蔷薇花	298
茉莉花（一）	286	六月雪	298
朱顶红	287	郁金香（一）	299
仙客来（一）	287	桂花（一）	299
扶桑	288	罂粟花（一）	300
凌霄花（一）	288	蝴蝶花（一）	300
虞美人	289	一品红（一）	301
太平花（一）	289	一品白	301
马兰花（一）	290	千日红	302
吊兰（一）	290	十姐妹花	302
榆叶梅	291	绣球花（一）	303
夹竹桃	291	马蹄莲	303
葵花（一）	292	紫薇花	304
天竹葵	292	夜来香	304

山茶花	305	白牡丹（二）	316
木兰花（一）	305	黑牡丹（二）	316
紫丁香	306	洛阳牡丹	316
白丁香	306	曹州牡丹	317
百合花（一）	307	菏泽牡丹	317
瑞香	307	水仙花	317
山丹丹花（一）	308	雪梅（二）	317
太阳花	308	春梅	318
凤凰花	309	荷花（二）	318
合欢花	309	月季花	318
雁来红	310	紫丁香	318
含笑花（一）	310	大丽花	319
无花果	311	报春花	319
串串红	311	迎春花（二）	319
牵牛花（二）	312	杏花（二）	319
芍药（一）	312	桃花（二）	320
昙花（一）	313	梨花（二）	320
雪花	313	李花（二）	320
冰花	314	雪莲花	320
		含笑花（二）	321

百花吟（诗词篇）

		红棉	321
		吊兰（二）	321
牡丹（二）	316	牵牛花（三）	321

紫藤花	322	红杜鹃	328
蔷薇	322	兰花	328
鸡冠花	322	春兰（二）	328
合欢花	322	剑兰	329
百合花（二）	323	玉兰花	329
绣球花（二）	323	白玉兰（二）	329
琼花	323	木兰花（二）	329
天女花	323	山丹丹花（二）	330
樱桃花	324	郁金香（二）	330
罂粟花（二）	324	山楂花	330
金钱花	324	菊花	330
金银花	324	虎皮兰	331
金钟花	325	海棠花（二）	331
金凤花	325	秋海棠	331
一品红（二）	325	铁海棠	331
一串红	325	佛手掌	332
凌霄花（二）	326	油菜花	332
扶桑花	326	仙客来（二）	332
太平花（二）	326	桂花（二）	332
太阳花	326	紫荆花	333
紫罗兰	327	蝴蝶花（二）	333
茶花	327	凤仙花	333
君子兰（二）	327	栀子花	333
杜鹃花（二）	327	玉蕊花	334
白杜鹃	328	芍药（二）	334

杨花（二）	334		绣球花	340
米兰	334		马兰花（二）	341
槐花（二）	335		文竹（二）	341
蝴蝶兰（二）	335		葵花（二）	341
茉莉花（二）	335		芦苇花	341
薰衣草	335		棉花	342
橘花	336		泪花	342
木莲花	336		小草	342
令箭荷花	336		塑料花	342
鹤望兰	336		五律·牡丹	343
朱顶红（二）	337		五律·芭蕉	343
虞美人花	337		五律·夹竹桃	343
紫萼	337		五律·玉兰花	344
仙桃花	337		五律·木槿	344
梧桐花	338		五律·芍药花	344
泡桐花落	338		七律·木芙蓉	345
豆蔻	338		七律·蝴蝶花	345
铁树花	338		七律·美人蕉	345
睡莲（二）	339		鹧鸪天·兰花	346
昙花（二）	339		鹧鸪天·茉莉花	346
仙人球	339		鹧鸪天·雨后荷	347
仙人掌	339		鹧鸪天·夜来香	347
满天星	340		鹧鸪天·丁香	348
马齿苋花	340		鹧鸪天·月季	348
含羞草	340		鹧鸪天·野菊花	349

鹧鸪天·梨花	349	行香子·莲花	358
采桑子·菊花	350	江城子·雪莲花	358
西江月·水仙	350	临江仙·向日葵	359
渔家傲·油菜花	351	南乡子·含羞草	359
西江月·野草	351	长相思·冬青	360
西江月·塑料花	352	蝶恋花·令箭荷花	360
山花子·刺玫瑰	352	蝶恋花·柳絮	361
山花子·六月雪	353	渔歌子·牵牛花	361
山花子·山茶花	353	定风波·睡莲	362
山花子·仙人球	354	荷花（自度曲）	362
山花子·佛桑花	354	丹桂（自度曲）	363
山花子·绣球花	355	银桂（自度曲）	363
生查子·蔷薇	355	槐花（自度曲）	364
阮郎归·吊兰	356	杏花（自度曲）	364
卜算子·山梅	356	诉衷情·太阳花	365
卜算子·白梅	357		
临江仙·金桂	357	**多余的话**	366

闲情抒怀

偶成（代序）
二〇〇六年

一生多蹉跎，半世路坎坷。

晚岁无宏愿，残年有沉疴。

闲居挥笔墨，古运看舟舸。

欣遇春风暖，喜吟盛世歌。

送郑文泮回雁北
一九六二年

仰首望北岳，三山路几千。

依依挥手去，秋雨漫长天。

哭李家明兄
一九七二年

噩耗来天外，知音不胜哀。

泪飞顿作雨，痛悼一英才。

山溪
一九七三年

涓涓山谷水，溪小浪波高。
汇入汪洋里，能掀万丈涛。

江河
一九七三年

浮舟亦覆舟，功过共悠悠。
向前东注海，从不再回头。

给李绪守老师
一九七九年

悠悠寸草意，缕缕清纯心。
捧茶敬老师，深深一片情。

春归
一九八〇年

山上红梅开，池边紫燕飞。

东风吹绿处，杨柳迎春归。

秋夜
一九八三年

黄叶萧萧下，秋风微透寒。

抚琴今在手，此夜对谁弹？

对月
一九八三年

放荡不知年，悠悠似醉仙。

心中无限事，可否对婵娟？

怀母
一九八四年

欲书怀母意,夜寂一灯孤。
天亮纸无字,满纸泪模糊。

思母
一九八五年

落下思母泪,难寻驾鹤魂。
遥遥无限梦,梦见旧柴门。

备课
一九九九年

明月挂高楼,稿纸压案头。
对窗傻自笑,备课何时休?

怀念黄克伦兄
二〇〇〇年

天晴落霞彩,苦尽甘甜来。
正是享受日,黄兄赴泉台。

中国共产党建党八十周年感怀
二〇〇一年

南国起风烟,北京奏凯歌。
征程八十载,造福万千年。

任教长治市老年大学感怀
二〇〇二年

两鬓添霜雪,求知力不竭。
不为名和利,只因恋秋月。

偶感（一）
二〇〇三年

传薪四十秋，播火不知忧。
留得诗书在，何妨白发稠。

新岁偶成
二〇〇五年

送旧冰雪融，迎新荡春风。
全家欢聚日，两岸思一统。

给杨世诚兄
二〇〇五年

雨中黄叶树，灯下白头人。
百草驱顽疾，银针济众生。

赠王光松、冀玉英二医家
二〇〇五年

悬壶新诊开，心存济世才。

回春妙手处，杏林中州栽。

寄信感怀
二〇〇八年

情寄千般意，神飞万里程。

姻缘线未断，遥送梦中人。

春游古运河
二〇〇九年

古运风光媚，春深紫燕飞。

莺歌杨柳岸，蝶舞鱼虾追。

中秋赏月
二〇〇九年

慨叹人生短,愁忧白发长。
中秋初月上,含泪对青光。

金福艺农吟
二〇〇九年

金龙腾四海,福气漫五洲。
艺精迎远客,农蔬获丰收。

秋风送秋雁
二〇一〇年

幽燕秋风起,萧萧送雁群。
雁群辞故里,落泪向南行。

古运观赏天鹅
二〇一一年

古运来稀客,滩头逐浪波。
与鹅同结伴,展翅向天歌。

雾霾出门有感
二〇一二年

风清行万里,气浊出门难。
我愿归山去,看云赏碧天。

竹
二〇一二年

高雅心虚贵,刚柔备一身。
四时皆绿色,霜打更精神。

甲午年偶感
二〇一四年

银蛇归洞去,金马腾云来。
甲午国耻日,历史记心怀。

笔
二〇一四年

举笔风雷动,毫端鸾凤翩。
龙蛇腕底走,潇洒写新篇。

墨
二〇一四年

松涛入砚台,顷刻黑云来。
浓淡绘书画,千年色不衰。

纸
二〇一四年

蝉翼纸一张,笔墨效衷肠。
能绘诗书画,人文千古藏。

砚
二〇一四年

喜得端溪砚,刻雕伴墨侯。
风雷池中起,濡笔颂神州。

乡愁
二〇一四年

明月丹河水,清风遏云楼。
少年为故里,日夜梦乡愁。

怀念大学同窗聚会
二〇一五年

柳岸秋风夜,常怀欢聚时。
情深如手足,挥笔寄相思。

丙申中秋思同窗
二〇一五年

又到中秋节,思君泪水落。
来年能否见,举酒赏明月。

京华初雪
二〇一五年

昨夜北风刮,燕山初飘雪。
开窗观小院,梅雪花姿叠。

雪夜感怀
二〇一五年

诗风进古城，吹动诗人魂。
雪夜过往后，人间必降春。

同窗聚会
二〇一七年

共举一杯酒，校园忆读书。
诚邀同学会，心醉话当初。

苍松
二〇一八年

挺拔苍松劲，巍峨耸碧空。
冰霜无所惧，傲立峭崖中。

山竹
二〇一八年

生就直而刚,耐寒傲冰霜。
交友无俗客,松柏梅贤良。

女书法家
二〇一八年

室雅兰蕙香,娴淑素罗装。
泼墨励奇志,举毫傲群芳。

读卫俊杰诗感怀
二〇一九年

俊杰诗多首,自谦顺口溜。
篇篇接地气,读了解烦忧。

怀旧
一九五九年

牵手田间阡陌行，又歌又笑几多情。
如今花被风吹散，无奈只留枝上声。

初恋忆
一九五九年

相逢湖畔吐情怀，两朵红云上玉腮。
长忆当年初恋日，真情满腹心难猜。

梦归
一九六〇年

海棠花艳久难忘，笑貌音容经雪霜。
今夜梦魂归故地，小楼明月照轩窗。

春梦
一九六〇年

苦盼归期未有期,春来一梦化相思。

呢喃春燕成双对,你我了情在何时。

惜别
一九六〇年

四载同窗情意绵,今朝分手泪如泉。

相依相别坞城路,何日重逢明月园?

怀人
一九六一年

天天做梦了无痕,芳草池荷绿映门。

桃李飘落春已去,哪堪风雨立黄昏。

情未了
一九六二年

海棠初放几多时，终被秋风折断枝。
未了情丝常牵挂，但等你我到瑶池。

清明
一九七四年

民间三月清明时，敬孝烧纸应有之。
我自信奉无鬼论，也绕诗句寄哀思。

十月
一九七六年

惊雷滚动震长空，驱散乌云划破冰。
告别严寒冬雪夜，迎来华夏满天红。

晨雨后
一九八一年

雨丝风片阴云收，洗掉余寒景色幽。
日出朝霞红似火，阳光洒满树梢头。

调高校任教有感
一九八二年

如水年华转眼逝，是非功过费寻思。
青春莫惜成虚度，再展雄风正此时。

望月兴叹
一九八二年

朝天望月问吴刚，桂酒桂花何处藏？
待到中秋拜月夜，秋风吹得满天香。

哭母归天
一九八三年

哀乐车缓云暗时，天空洒下雨丝丝。
荒冢泪尽残阳里，慈母此时安得之。

哭母归来
一九八三年

上苍尘世两茫茫，泪水如河痛断肠。
沿路衰杨应识我，归来无力更神伤。

静夜思
一九八三年

夜静更深月照时，情依孤枕托相思。
寒灯伴我悠悠梦，坎坷生涯一笑之。

消愁
一九八三年

曾到汾阳一日游,归来思绪情悠悠。
杏花醇酒香千里,一醉能消万古愁。

梦母
一九八五年

繁花如海又逢春,梦里回乡疑是真。
轻叩柴门怕声响,油灯下有补衣人。

扫母坟
一九八六年

忍泪含悲祭母坟,上香摆酒纸钱焚。
老娘吃尽人间苦,不及如今做鬼魂。

想母
一九八七年

清明节日泪沾襟，儿子难忘寸草心。
长夜挑灯缝岁月，一针一线一长吟。

回故乡
步马作楫先生《思归》原韵
一九九一年

携幼带妻回故乡，正逢秋草落轻霜。
穿山越水路无阻，健在高堂热泪长。

马作楫先生《思归》原诗
四十年来别故乡，飘零海外鬓生霜。
妹思兄长关山阻，儿念高堂水路长。

祭扫烈士陵
一九九五年

太岳太行草木青，山川浴血野花新。

当年含笑沙场死，全是千秋不朽人。

杏坛一黄牛
一九九八年

巴公原上一黄牛，三尺讲台耕未休。

每日情关家国事，挥毫泼墨系神州。

春晨
二〇〇〇年

长街杨柳绿如烟，小巷春深尚且寒。

晨练老人还未至，朝霞映红太行山。

相约
二〇〇〇年

如盘皓月挂云端,借得银辉洒宇寰。
相约知交松下聚,谈今说古论缺圆。

饮茶感怀
二〇〇一年

一生润泽峥嵘岁,半百温馨冷峭天。
提壶斟茶心底净,俯观杯下月儿圆。

返乡
步阎凤梧《还乡答问》原韵
二〇〇一年

半世离乡今日还,沧海桑田换新颜。
山村土屋难寻迹,脚踏云梯口读禅。

阎凤梧《还乡答问》原诗

布履青衿去复还,村头绿水快苍颜。

亲朋问我手中物,半部《论语》半部禅。

习书

二〇〇一年

书我人生曲折路,癫狂笔墨任尔扶。

晚霞落艳夕阳在,临帖摹碑描画图。

重逢马德保

二〇〇一年

别离音信两杳茫,四十年来痛断肠。

今日相逢不相识,满头银发鬓染霜。

给张承纲兄
二〇〇一年

每到并州必看君,看君为忆少年情。
少年已去情长在,长在真情到于今。

百年校庆相聚山大校园
二〇〇二年

四十二年再聚缘,雨丝风片总相牵。
同窗往事依稀在,白发苍苍话少年。

同窗聚会山西省老干部中心
二〇〇二年

耕云播雨卌春秋,黑发少年变白头。
今日相逢同学会,何时再聚话风流?

给马作楫先生
二〇〇二年

三晋诗坛北斗明，百千桃李拜先生。

杏花老酒千樽少，难忘春风化雨情。

习诗自问
二〇〇二年

秋花秋实中秋月，老蔓老藤四壁爬。

我自为谁写颂歌，挥毫泼墨笔横斜。

书法
二〇〇三年

书法从来为写情，毫端处处见精神。

风生腋下花生笔，尺幅能容万里春。

给简世祥乡友
二〇〇三年

情同手足巴原人，相识相交上党城。
假话无多真意浓，谊友如水淡且深。

贺马作楫文集出版
二〇〇四年

名扬三晋老师翁，巍然寒冬一雪松。
万卷诗文炳后世，神州桃李沐春风。

偶感（二）
二〇〇五年

四十五年执教鞭，呕心沥血撑舟舸。
喜看桃李连阡陌，一路春风一路歌。

给王可仁兄
二〇〇五年

树木十年漳水头,呕心沥血苦且愁。

树人一世上党地,桃李春风满神州。

给秦凤俊兄
二〇〇五年

举毫泼墨忆当年,世事沧桑岁月添。

不忘狂风恶浪里,与君共闯渡艰险。

大学同窗相知五十年相聚
二〇〇六年

相遇相知五十年,重逢旧地话桑田。

人生道路多坎坷,曲曲弯弯总向前。

重逢偶得
二〇〇六年

记得当年明月夜，与君携手舞翩跹。
甜甜一笑招人醉，快步如飞情意绵。

答友人
二〇〇六年

问我身体近若何？挥毫泼墨自消磨。
邀朋共话平和仄，对酒高吟正气歌。

古稀乐
二〇〇六年

七十高龄雅兴多，每天犹若着诗魔。
斟词酌句求工整，爱唱清平盛世歌。

告诫学子
二〇〇六年

人生在世路漫漫,漫漫长途跋涉难。
难忘少年宏图志,志在高山登峰巅。

勉儿孙
二〇〇六年

知识海洋何处通,读书滋味乐无穷。
古今博闻聪明士,都是勤学苦用功。

微雨
二〇〇六年

微雨轻轻净尘埃,春风送暖杨柳摆。
新飞紫燕庭中唱,唤起玉兰满园开。

嫦娥一号奔月感怀
二〇〇七年

嫦娥奔月看嫦娥,带去笙箫杨柳歌。
嫦娥惊听故里曲,满腔泪雨汇成河。

采茶
二〇〇八年

春风送笑绿山岗,喜见茶乡遍地芳。
绰约村姑巧采摘,云雍雾收压千筐。

游晋祠思故友
二〇〇八年

难老泉边忆故友,云缭烟绕卅春秋。
唐槐周柏今犹在,不见知音悲泪流。

照镜偶得
二〇〇八年

年少十五二十时,敢当敢说火一支。
如今白发催人老,只剩浓情溢满诗。

重逢
二〇〇八年

少年相识相交时,婀娜多姿谁不知?
今日相逢人竟变,青丝不见换银丝。

梅
二〇〇九年

雪地冰天绽笑脸,风刀霜剑见精神。
香迎墨客挥椽笔,书尽清芬赞丽春。

兰

二〇〇九年

兰生幽谷溢清香,羞与牡丹争艳妆。
春夏秋冬山里笑,丹青墨客绘春光。

竹

二〇〇九年

不愁风雪不愁霜,叶翠枝繁向太阳。
若谷虚怀君子德,引来骚客赋诗章。

菊

二〇〇九年

九月黄花分外香,欣将笑靥待重阳。
叶繁枝俏成佳境,成就文人诗千行。

松
二〇〇九年

雨打风侵不老松,经霜傲雪斗寒冬。
竹梅做伴呈高洁,尽在丹青画手中。

老小逗
二〇〇九年

膝前孙女眼前孙,又逗又哄乐有神。
有哭有欢歌灿烂,人间幸福是天伦。

望月
二〇一〇年

淡淡花香淡淡风,竹帘摇影老梧桐。
清辉洒地银光泻,月在高空第几重?

北雁南飞
二〇一〇年

八月天高秋水长,燕山枫染落轻霜。
南飞大雁排人字,故里难舍叫断肠。

写诗感怀——通俗
二〇一一年

通俗古风原是本,抒情造境才成诗。
高歌大众举杯颂,痛斥文痞口号辞。

写诗感怀——意境
二〇一一年

胸有真情创意境,怀盈正气蕴佳篇。
诗河词海多流派,腹有心声唱百年。

写诗感怀——读书
二〇一一年

读书万卷获新知,熟背五车成大师。
须断三茎求警句,神来七步得真诗。

秋词
二〇一一年

云淡天高八月秋,赤橙黄绿染山头。
南飞大雁青空叫,引得离人泪水流。

夜梦庄头
二〇一二年

夜听窗外雨沙沙,入睡庄头梦老家。
梦里上山寻旧迹,漫山都是野山花。

登长城感怀
二〇一二年

登高把酒赏黄花,放眼枫红染晚霞。
信步长城秋景美,情随北雁又升华。

夜观香港
二〇一三年

太平山顶观奇景,夜静涛平满目新。
林立高楼碧空挂,辉煌华彩耀天庭。

秋日小院
二〇一三年

桂花入院遍馨香,喜鹊墙头唱夕阳。
兰草刺梅蝴蝶笑,眼观金菊咏诗章。

和苏建洲
二〇一三年

青山无墨咏新意，绿水有声道旧情。
落泪中秋明月夜，银辉满地见真心。

附苏建洲来诗：

青山无墨千秋画，绿水无弦万古琴。
莫道平日问候少，情意无言一颗心。

春晨遇雨
二〇一四年

寒门寞寞淡吾身，冷雨轻轻洗客尘。
窗外东风送爽意，斜飞紫燕唱芳春。

端阳偶感（一）
二〇一四年

当年屈子赋《离骚》，情似江河波浪高。

泪落汨罗楚国灭，悲情化作长江涛。

给傅业老弟
二〇一五年

岭南享尽天伦乐，难见燕山飘白雪。

待到春来返晋日，龙城柳绿花姿叠。

和傅业并步其韵
二〇一五年

岭南无雪潮如雪，一样清纯一样洁。

碧海蓝天花似锦，鸥歌燕舞蜂追蝶。

附傅业来诗：

岭南彩云北国雪，一样清纯一般洁。

愿得春风解人意，诗花迎来蜂追蝶。

雨中赏荷
二〇一五年

荷塘十里景方殊，细雨蛙声惊碧湖。

翡翠玛瑙观不尽，满身悬挂绿珍珠。

和傅业诗
二〇一五年

候鸟南飞并不愁，有妻做伴住高楼。

每天临摹古碑帖，励志抒怀情悠悠。

观梅偶得
二〇一五年

几朵红梅越过墙,风姿绰约引诗狂。
梅枝折下当椽笔,句句丽词都带香。

端阳偶感(二)
二〇一六年

落泪汨罗江水长,龙舟千载化悲伤。
诗魂不散观天下,华夏一统唱艳阳。

逛运河
二〇一七年

蓝天碧水一塘荷,白鹭鹅鸭水上歌。
我驾游舟古运逛,雅韵诗词落入河。

渔歌
二〇一七年

古运荷塘花盛开,罗裙翠盖素心裁。
销魂最是荷花女,一曲渔歌顺水来。

荷塘
二〇一七年

出水芙蓉神韵飘,千姿百态尽妖娆。
清香四溢惹人醉,壁立运河分外娇。

荷花
二〇一七年

碧水连天绿伞摇,芙蓉映日暗香飘。
高怀直立身如玉,古运河塘花更娇。

运河风光
二〇一七年

古运河塘花送香,河边竹鹭滴清响。

岸头绿柳黄莺唱,游客船中笑语朗。

绿
二〇一八年

岭南四月芳菲尽,幽燕桃花始盛开。

谁说春归无觅处?老夫墨室绿长来。

赏斌子画作感怀
二〇一九年

奇峰异石瀑飞花,翠柏劲松古寺雅。

落日归舟云弄影,丹青泼彩绘天涯。

鹊桥会
二〇一九年

仰望星空架鹊桥,相思泪雨一整宵。

牛郎织女鹊桥会,泪落银河起浪涛。

步凤梧兄《八四抒怀》
二〇一九年

凤落梧桐时过秋,天和地顺亦无愁。

女娴儿孝国昌盛,梅雪纷飞飘白头。

附凤梧原诗:

银发飘飘八四秋,顺天从命不须愁。

珠峰顶上千层雪,万古青山也白头。

致罗广德兄
二〇二〇年

广结朋友仕途走,德行政界第一流。
好为平民办实事,人尊人敬盛名留。

同窗老伴网上聚
二〇二〇年

相牵相爱不知愁,相伴相随到白头。
相靠相依一辈子,老来网上逗风流。

老来福
二〇二〇年

相爱一生不变心,老来相伴盼儿孙。

天南海北游山乐,携手共享幸福春。

秋日偶感
一九八四年

夜过寒天静,悠悠意绪平。

位卑休问政,学浅莫争名。

身要闲中养,心于暗处明。

风雷思壮士,万里作长鸣。

迎春
步姚奠中先生《迎春》原韵
一九八六年

山西诗友会，盛况喜空前。
泼墨成佳句，挥毫出丽篇。
万民歌盛世，百族唱团圆。
迎春战鼓响，紧跟莫流连。

姚奠中先生《迎春》原诗：
海晏存蕲响，河清在日前。
丰功除旧贯，历史写新篇。
欧美何妨借，人财重动员。
春风吹战鼓，健步莫流连。

退休
一九九八年

退休志未休,毛笔不离手。

国事常牵挂,家事莫发愁。

挥毫寄远朋,泼墨结新友。

人老有闲趣,悠悠度春秋。

郊游
二〇〇一年

春意融融日,远郊柳纤纤。

几家乳燕飞,半响青蛙喧。

自笑华年去,人云老趣添。

东风吹我醉,漫步郊游闲。

重阳赏菊
二〇〇五年

隐在东篱下，清高世所夸。

风吹腰不折，雨打志犹佳。

笔落书诗赋，墨洒吟晚霞。

重阳邀老友，美酒酿黄花。

春雪
二〇〇五年

瑞雪兆丰年，玉龙飞满天。

纷纷滋草木，皑皑壮山川。

寒过三冬尽，春回万象妍。

坚冰化玉液，万里换新颜。

闲居
二〇〇六年

秋风扫落叶,暮雨逐余光。

入梦忆往事,起床吟旧章。

访友赠墨迹,待客品茶香。

携手老妻度,悠悠送夕阳。

同窗聚会
二〇〇六年

半世别离苦,相逢如上天。

重重山水阻,沉沉梦魂牵。

故国风光美,离人秋水寒。

今朝同学会,把酒话当年。

看同窗兰姐
二〇〇六年

十年未见面,佳节看兰姐。

雪落满头白,腿残行路艰。

平生追马列,半世寻情缘。

老退无他想,悠闲度晚年。

与夫人文英银婚有感
二〇〇七年

携手人生路,同行四十秋。

一生无福祉,半世有忧愁。

结伴闯邪浪,相随到白头。

晚来霞满地,如潮情悠悠。

访张永祥老友
二〇〇八年

返乡访旧友,白发遇古稀。
就座话当年,举杯问老妻。
畅谈平仄律,再议儿孙喜。
你我多珍重,重逢自有期。

会老友乔建业
二〇〇八年

不忘少年情,驱车故里行。
老城寻旧友,新屋会知音。
见面欲无语,投怀泪满巾。
共思多少苦,跋涉到如今。

给阎凤梧兄
二〇〇九年

文高名教授，才气冲斗牛。

孔孟苑中逛，老庄园里游。

一生洒汗水，半世写春秋。

桃李开三晋，栋梁遍九州。

梧桐吟
二〇一〇年

梧桐叶碧绿，挡雨播清凉。

不与荷争秀，不同梅傲霜。

花芳无媚眼，秆绿显豪强。

树卧珍禽鸟，枝头栖凤凰。

别张书生
二〇一一年

挥手送君去，当街折柳枝。

长思三两夜，最苦孤独时。

胸有师生意，目无秋暮迟。

何年再见面，长叹问天知。

兔年春节诗寄承纲兄
二〇一一年

光景太匆匆，转眼又岁终。

梅花未落尽，烟柳又回青。

鞭炮惊晨梦，春风沐晚情。

写诗寄老友，共叙同窗情。

古运踏青
二〇一四年

古运踏青去,风光满目新。

樱园千树碧,溪水一池萍。

霞落桃林醉,歌欢春燕鸣。

远观杨柳绿,仰首吐诗情。

寄语承纲、雪瑞
二〇一五年

梅绽千枝秀,雪飞万里程。

金马归绿野,银羊下凡尘。

甲午风牢记,乙未梦最真。

携手入新岁,欢歌度余生。

羊年颂羊
二〇一五年

马去蹄声远,羊来卧绿岗。

态憨情可掬,心善爱难量。

敬献毛绒暖,诚增奶酪香。

谁敢任欺压,双剑对豺狼。

徐景发《心若止水》再读
二〇一五年

人如秋水静,品若芝兰香。

正气承春色,清风沐旭阳。

情深心境远,意重诗情长。

结友交朋厚,诗书闪爱光。

送马涛赴美读研
二〇一六年

跨过太平洋,求知赴异邦。

科圃探奥秘,学海汲琼浆。

智者多交结,小人少来往。

学成归故里,为国闪华光。

张旭林师弟
二〇一七年

河东一狂客,平生勤笔耕。

篇篇接地气,字字见精神。

难忘发妻美,更喜少妇珍。

古稀有至爱,耄耋返青春。

老同学相聚感怀
二〇一七年

诚邀同学聚，返校忆当年。
共举一杯酒，同饮半世缘。
腰弓头落雪，身重路行艰。
人老诗心在，情留山水间。

梦归故园
二〇一八年

明月中秋夜，梦魂飞故园。
山楂树结果，野菊笑朝天。
乡老迎归客，稚童呼大爷。
亲朋举酒敬，落泪话当年。

戊戌端午感怀
二〇一八年

中华传统节，五月五端阳。

南国龙舟赛，北疆粽子香。

宏扬心爱国，祝福体安康。

风俗传千古，精神万世长。

韩美林大师
二〇一九年

坎坷人生路，艺林金字塔。

挥毫惊世界，泼彩绘天涯。

古运留胜迹，西湖绽奇葩。

少年鸿鹄志，晚岁独光华。

丙寅春节
一九八六年

通宵达旦颂歌声，举国烟花遍地明。

十载东风驱残疾，三江热血化坚冰。

山乡跃进人民乐，煤海欢腾世界惊。

莫谓吾生行过半，紧跟战鼓赴长征。

六十抒怀
一九九七年

风风雨雨怎能忘，六十年来苦尽尝。

几度沉浮无怨恨，一心写作留诗章。

双眸涌出千行泪，孤影承担万事伤。

晚岁春归有好景，挥毫泼墨学书忙。

登老顶山赏菊有感
一九九七年

今秋兴会上山岗,山寺花繁叶正黄。
酬唱敲诗挥笔墨,赏光品菊忆风霜。
一生艰难磨筋骨,半世沧桑弄诗章。
晚岁举毫期永年,余辉夕照胜朝阳。

九九重阳与妻共餐
一九九八年

欣逢佳节九重阳,摆酒与妻喜若狂。
昨日案前挥笔墨,今朝窗下读诗章。
枫红西岭群山秀,菊绽东篱一路香。
夕阳余晖霞满天,桑榆晚景乐无疆。

看长治市老年大学书画展
二〇〇二年

枫丹菊绽又重阳,书苑频闻翰墨香。
韵绕古城添雅兴,神交桑梓结殊芳。
挥毫常颂上党好,回首难思教泽长。
古树新花承雨露,喜观秋色胜春光。

闲居偶感
二〇〇四年

退住书斋喜有加,窗明几净夕阳斜。
阳台每植思人树,小院常栽解语花。
勤学诗篇思李杜,喜观影视话桑麻。
闲游古运看鱼跃,陋室举毫书晚霞。

赠学生
二〇〇五年

原是山中一少年，精明聪慧引人眼。

早离母爱少关照，多靠父慈常挂牵。

苦读诗书求进步，幸逢机遇有前贤。

登高不忘路坎坷，永留清名在人间。

给陶惠民老师
二〇〇五年

告别江南上太行，理想满腹育新秧。

一生勤苦有真意，半世艰辛无异想。

汗水换来千树绿，丹心染得满头霜。

老来喜遇春光美，无虑无忧福寿康。

寒室吟
二〇〇六年

寒室安身百虑空,自称天地乐其中。
低吟诗句声声慢,新植花卉月月红。
瓦砚不干洒墨水,门窗常透揭书风。
烹茶煮酒消长夜,爱与儿孙话大同。

遥寄王怀中同学
二〇〇六年

读书交往半世缘,情若手足心相连。
同经风雨艰难路,共度和谐锦绣天。
岁月如歌催白发,光阴似水送华年。
老来常念少年志,遥望上党寄妙篇。

大学同窗相聚太原感怀
二〇〇六年

相逢莫笑鬓毛衰,正茂年华不再回。

难忘晨光留倩影,常怀冬雪醉芳菲。

无情春水淙淙去,有韵秋风阵阵吹。

瑰丽夕阳无限好,笔端洒墨云霞飞。

银婚致老妻
二〇〇七年

四十年来苦与寒,心中有泪不轻弹。

为张正义跑西东,敢育儿孙走北南。

共枕同床无异梦,相濡以沫常歌欢。

蹉跎岁月催人老,携手京通度寒暖。

嫦娥一号升天记
二〇〇七年

一号嫦娥逛大罗,苍茫云海任穿梭。
吴刚设宴捧新酒,天女散花献颂歌。
广寒宫里神仙会,云雾山中桂树多。
明月今宵迎贵客,舟船逐浪涉天河。

九九寄语
二〇〇九年

深秋向晚天微寒,佳节黄花笑绽欢。
寄语童孙知学业,谏言子女孝先贤。
书林探秘思为径,学海行舟梦作帆。
历尽炎凉情更重,天伦享尽自陶然。

读崔发库兄《山村记事》
二〇一〇年

一生忠贞几经磨，不忘为党唱颂歌。

年过古稀立大志，岁临老耄着风魔。

举笔回忆少年苦，落泪高吟荒山窝。

件件桩桩真实事，赤叶河欢起浪波。

哭恩师姚奠中先生
二〇一一年

撒手人间驾鹤行，穿云破雾赴天庭。

汾川儿女泪相送，上界神仙酒共迎。

难忘杏坛唐韵美，更思书苑龙蛇惊。

先生风范仍犹在，桃李芳菲四海兴。

辛亥百年看黄埔军校旧址
二〇一一年

携妻结伴渡珠江，款步穿榕路漫长。
屋内珍文光闪耀，山前铜像气轩昂。
东征烈士千秋业，北伐英雄万古芳。
革命全凭用武力，孙文功绩胜康梁。

七十五岁生日感怀
二〇一二年

半世蹉跎觅逝川，晚来始唱心歌欢。
太行攀度一千里，学海腾波五十年。
漳水冬寒精骨炼，京华春暖梦魂牵。
晚来夕照新花绽，笑慰余晖霞满天。

苏东坡书法集观后感
二〇一三年

东坡天赋本超伦,翰墨诗文欲绝尘。

初学羲之显俊逸,继临颜氏变雄浑。

承奉晋韵扬华夏,创意宋书传子孙。

行到晚年师北海,自然平淡见天真。

贺马作楫恩师九十大寿
二〇一三年

诗坛泰斗讲坛优,三晋齐讴第一流。

身教言传启后学,德高诗美惠群俦。

育才无类春风暖,授业有方化雨柔。

鲐背之年情未老,笑迎北斗亮歌喉。

给许传海兄
二〇一四年

育人传道吐丝尽，书室闲居著作勤。

幼学疏通承国粹，史章典注出新音。

文存正气冲天地，笔下清风鉴古今。

老有所能启后代，耕云种月世人钦。

遥寄张旭林师弟
二〇一五年

风来雨去够蹉跎，梦幻寒烟思绪多。

洗砚学书寻乐趣，作诗吟赋共高歌。

河东故里留雅集，朋辈同窗是楷模。

人逾古稀情更重，歌天唱地扬清波。

徐景发《心若止水》读后感
二〇一五年

品似芝兰人若水，胸装成竹有精神。
书存正气惊天地，笔下清风扫古今。
无处不诗成意境，无诗不境有真情。
亲朋故旧同恭贺，文苑艺坛增亮星。

抗战胜利七十周年感怀
二〇一五年

驱日虽经七十秋，刀光仍在眼前浮。
三江漫卷哀鸿泪，五岳难挡越女羞。
志士不辞捐血肉，懦夫亦敢献颅头。
中华今日东方立，美梦神州万代谋。

端午感怀
二〇一六年

又逢五月五端阳,龙舟争渡汨罗江。

赤心诗杰顺民意,爱国精神留史章。

门悬艾叶驱邪气,窗挂蒲枝濡粽香。

文曲《离骚》歌万代,神州大地永留芳。

己亥端午怀屈原
二〇一九年

哀郢怀沙绕梦魂,《离骚》高诵忘晨昏。

苦吟橘颂辞渔父,空盼湘君寄里门。

偏有奸人施诡计,却无明主纳忠臣。

含恨千古谁昭雪,身付汨罗逐浪奔。

庚子年同窗相聚感怀
二〇一九年

魂梦重回六十秋，坞城月圆竟难留。
同窗手足东西去，共室学友南北流。
汾水桃林结硕果，太行栋梁造新楼。
河东雁北多诗杰，歌赋诗词乐坐舟。
相聚并州举酒庆，再思山大话风流。
青丝不见浮银雪，白发葱茏度晚秋。
企盼百年再聚会，偕妻带孙乐悠悠。

读侯桂柱小说感怀
二〇二一年

三晋文坛小说家，汾川浍水绽奇葩。
笔耕半世功牢记，勤奋一生绩可夸。
人物典型接地气，语言质朴闪光华。
老居故里享清闲，生活舒心璨若霞。

忆秦娥·大炼钢铁
一九五八年

隆冬节,吕梁山上风飘雪。

风飘雪,千军万马,炼钢炼铁。

红旗指炮声烈,英雄开矿顽石落。

顽石落,滚滚铁水,奔流不歇。

长相思·怀旧
一九五八年

桃杏芳,兰蕙芳,不及海棠清自香。

可怜遭雨霜。

离故乡,别故乡,馨远皎无影渺茫。

思伊痛断肠。

玉楼春·村姑
一九五九年

远郊三月春如醉,雨后草坪清爽味。

村姑小妹陌头来,手挽花篮欢拾翠。

黄莺小嘴声声脆,目送秋波明若水。

身姿俏穿粉红衫,问我书生来寻妹?

水仙子·忆旧
一九五九年

相亲相爱不知忧,离后相思始觉愁。

梦魂搅得人消瘦。

对孤灯,泪不收,悔没将梦里人留。

切切终身事,殷殷百岁忧,永记心头。

忆江南·长相见
一九六二年

初相见，半涩半遮掩。红透香腮羞切切，
　　春心脉脉难开言。别后长流连。

再相见，秋水传情缘。依旧桃花红胜火，
　　春情涌动心相牵。别后更流连。

长相见，携手阡陌间。有笑有歌欢爱浓，
　　春风春雨滋心田。能不长流连？

画楼空·思人
一九六三年

云来雾去月难圆，夜夜思婵娟。
牵手共度相伴，无埋怨，常歌欢。

　　情切切，意绵绵，泪潜潜。
　　泪飞云霄，泣血啼鹃。

长相思·思人
一九六四年

情绵绵,意绵绵,中秋月圆人未圆。
何时共枕眠?

花涟涟,月涟涟,月落花残夜色阑。
思伊泪不干。

如梦令·忆旧
一九六五年

曾记海棠熟后,我俩双双携手。
欲语又凝目。笑指樱桃红透。
红透,红透,应是十年时候?

鹧鸪天·春思
一九六六年

每到夜晚忆别离,缠绵悱恻倍相思。
梦中常见芙蓉面,醒后犹怜翠黛眉。

秋落叶,鬓垂丝,盼伊相见在何时？
乡间又到春潮日,应是海棠花绽期。

捣练子·秋思
一九六七年

中秋夜,望星空,无限银辉阵阵风。
离恨漫长人不寐,思伊不见倚窗栊。

踏莎行·山村女教师
一九七四年

门对千山,窗含百卉,一双眸子明如水。
举毫泼彩绘春光,山歌吟唱声声脆。

校园清辉,山花荟萃,芬芳流溢熏人醉。
呕心沥血育新人,春风桃李枝头坠。

思帝乡·偶成
一九七六年

大雪扬,南冠客悲伤。
何日亲朋团聚乐无疆?
待到春来花放燕飞翔,
重泄心中愤,诉衷肠。

北风吹（自度曲）
一九七六年

北风吹，雪花漫天飞。

我为昆仑山顶一枝梅。

任凭雪打风吹千万回，

傲冰霜，雪中吐芳菲。

忆秦娥·旗手
一九七六年

天柱折，红旗血染谁承接？

谁承接，自有旗手，擒住众孽。

而今迈步从头越，东风吹处凯歌烈。

凯歌烈，大江东去，永不停歇。

竹枝词
一九七七年

隔窗望空月如钩,钩月一弯照九州。

正是黄花怒放日,荒野一枝苦争秋。

梦（自度曲）
一九七八年

梦魂飞故园,喜见亲人面。

妻子儿女月下坐,捧酒敬青天。

娇儿不离膝,爱女围身边。

蹬门无情断梦翅,囚在牢房间。

西江月·中秋
一九七九年

昨夜风吹雨下，吾情悲泪若注。

恰如玉兔吞银盘，暮照九州江土。

秋月今晚云掩，苦情满腹难诉。

但等再到中秋夜，月下能否散步？

忆秦娥·中秋夜
一九七九年

夜空阔，海天吐出玉盘月。

玉盘月，南冠歌起，声声悲切。

一腔冤恨向谁说，胸中耻辱何时雪。

何时雪，对天长叹，浮云遮月。

行香子·又上新楼
一九八三年

十个春秋,清浊分流。都抛了,万斗余愁。
风云雨过,不愿回首。
这一会儿惊,一会儿喜,一会儿忧。

往事悠悠,欲说还休。看今日,又上新楼。
风光无限,绿了九州。
看新曲儿美,新笋儿娇,新事儿稠。

浪淘沙·梦游仙
一九八五年

昨夜梦游仙,直上云天。吴刚为我设酒宴。
玉女嫦娥歌不断,天上人间。

一片真情甜,化作云烟。雕栏玉砌尽流连。
只因鸡啼惊美梦,日照窗前。

点绛唇·七夕
一九八五年

雨驻风疏,残阳缝里浮云渡。

远山碧树,隔断天涯路。

笑指长空,彩带当空舞。

桥头处,牛郎织女倾诉离别苦。

钗头凤·重逢
一九八六年

纤纤手,杯杯酒,席前偶见少年友。

云鬓绾,秋波转,春风长拂,姿容长眷。

羡、羡、羡!

池边柳,君知否?依依惜别难分手。

何时见,空想恋,双鸳轻泛,蓦然惊散。

怨、怨、怨!

鹧鸪天·秋晨
一九八六年

萧瑟秋风吹小窗,门前冷漠落轻霜。
凄情切切涌诗意,举笔挥毫书旧章。

踏晓露,看花黄,人间无处不沧桑。
残叶败枝风吹尽,只剩东篱蕊上香。

长相思·给崔家声兄
一九八六年

想故友,念故友,念到何时方可休。
　　音容梦里留。

思悠悠,盼悠悠,信息东风送潞州。
　　挥毫去问候。

鹧鸪天·偶感
一九八七年

欲把蚕丝理作弦，冰心一片忆当年。
挥毫壮写千层绿，谱曲讴歌万里天。

暴雨后，恶风前，浪潮卷去十年寒。
人生曲折茫茫路，多少行程困梦间。

一剪梅·梦旧
一九八九年

倩影娇姿逢梦中，流水淙淙，笑靥盈盈。
还是当年那份情，相抱相亲，如沐春风。

几度依稀思旧情，望断祖庭，望断红尘。
夜夜梦中盼彩虹，心意重重，醉意朦朦。

浣溪沙·辛亥革命
一九九一年

十月风云武汉镇,义旗高举震金瓯。
千年封建付东流。

辛亥革命昭日月,三民思想播神州。
先躯伟业史长流。

阮郎归·夜游滨河公园
二〇〇二年

四年踪迹忆难忘,并州秋梦寒。
晋阳湖畔倚长栏,菊花开正繁。

忆不了,睡无眠,滨河十里看。
当年夜战汾河滩,今朝供游览。

写给傅业老同学（短歌）
二〇〇三年

付业老朋友，山大读书不知忧。
　　　文笔冲斗牛。
诗书神韵光三晋，红笔描白少年头。

长相思·重逢李双庆
二〇〇四年

丹水流，汾水流，黑发少年结挚友。
　　　读书苦乐愁。

泽州留，潞州留，半世生涯难回首。
　　　雪霜落满头。

短歌四章
二〇〇四年

晚年真潇洒,迈开大步走天涯。
一步一片霞。
春游漓江美如画,秋临草原骑骏马。

晚年真自由,闯开国门逛全球。
一次一个洲。
热带雨林信步走,多瑙河上荡轻舟。

晚年真自在,泼墨挥毫抒情怀。
诗书见真才。
历尽沧桑童心在,夕阳无限志不衰。

晚年真快乐,一生坎坷付烟波。
每日笑中过。
孙子骑我上山坡,孙女肩头乐呵呵。

秋波媚·秋思
二〇〇五年

秋雨微微几风寒,窗外鸟声残。

一壶清茶,两行新墨,书我悲欢。

人间冷暖品尝后,更觉天地宽。

凭栏远望,天高云淡,望尽关山。

踏莎行·忆雪梅
二〇〇五年

记得当年,梅林踏雪,棵棵梅树花奇绝。

冰肌铁骨玉无瑕,与君携手摘明月。

雪似梅花,梅花似雪,棵棵梅树花姿叠。

为谁醉倒为谁醒,至今长恨轻离别。

鹧鸪天·客居异乡抒怀
二〇〇五年

一树红梅浮暗香,两枝三朵各徜徉。
四时风景游山寺,五味人生对禅香。

天渐晚,月微凉,七情六欲几回伤。
十之八九难如意,最好随缘客异乡。

和谐(自度曲)
二〇〇五年

和谐社会好,神州有英豪。
继往开来浪涛高,四海尽妖娆。

高举红旗飘,勇敢夺丰饶。
中华儿女不辞劳,昂首见来朝。

阮郎归·思一统
二〇〇五年

月光万里泻神州,花香溢满楼。

年年此夜赏中秋,翘首总凝眸。

思切切,念悠悠,此情无日休。

何年何月照金瓯,相酌话风流?

金镂曲·七十抒怀
二〇〇六年

七十情犹烈,爱吾斋,藏书满屋,足能枕阅。

中外古今随所欲,还有墨池临帖。浑不顾,秋霜冬雪。

但等诗书娱晚景,又何妨酌酒吟风月。邀老友,谱新阙。

沧桑一世谁评说。屈指数,冰冻十载,幸存余热。

叹息人间真情少,我乃痴心如铁。乾坤变,应当欢悦。

正趁余晖夕阳时,愿挥毫泼墨抒情结。关塞路,从头越。

采桑子·定居京都
二〇〇六年

少年总做京都梦,努力攀登。

苦度春光,弄得眼前两鬓霜。

老来不做京都梦,竟现梦想。

珍重秋光,愿把京都当故乡。

江城子·老同学相会太原
二〇〇六年

老来还像少年狂,鬓苍苍,气昂昂。

要把诗章化作雁千行。飞回太原,

抒情怀,话短长,叙来往。

别离半世如流光,路凝霜,雁难翔。

愁断衷肠,总被淤泥挡。如箭光阴,

人亦老,心怆怆,眼茫茫。

夜如年·寄杨雪瑞同窗
二〇〇六年

红扑扑,水涟涟,同学称你果子鲜。
走起路来神气足,启齿一笑惊人甜。

今日遇,皱纹添,丰采不改胜少年。
笑貌音容依旧是,心随老伴永相牵。

夜如年·寄曹玉琰同窗
二〇〇六年

情切切,意绵绵,笑靥浅浅笑靥甜。
小辫一甩回首去,依依清影梦魂牵。

思旧日,看今天,岁月无情岁月添。
白发皱纹留韵致,津门暗藏女娇仙。

鹊桥仙·重逢
二〇〇六年

柔情似水，重逢若梦，忆起同窗相处。
两情热话夜深时，竟忘掉，返舍归路。

分离半世，古稀团聚，仍旧清纯如故。
轻声细语问寒暖，怎回答，情深难诉。

寄王金环同窗（自度曲）
二〇〇六年

小乖乖，小乖乖，五十年前军中来，
　　歌如金莺飞天外，舞台展丰采。

小乖乖，小乖乖，五十年后珠江来。
　　笑如歌声韵犹在，仍旧引人爱。

春游古运河（自度曲）
二〇〇七年

春风初吻大地，唤醒古运河堤。

催开柳千丝，催消溪雪池，催动莺儿啼。

谁家少妇早起？引水浇灌菜畦。

口吟晨曲美，头留乌发齐，脚踏黄稀泥。

西江月·遥寄方绪远夫妇
二〇〇七年

岁月青春已逝，光阴白发频来。

苍颜多皱亦无哀，生老谁能例外？

携手同移南粤，夫妻共步开怀。

五羊城里赏花开，活得多姿多彩。

鹧鸪天·古稀感怀
二〇〇七年

花甲远离转古稀,红尘图尽懒相争。
酸甜苦辣品已够,福寿康宁享天伦。

文不就,术无成,老来闲住京通城。
翻书索句寻诗意,泼墨挥毫度余生。

吴志刚同窗论著读后(自度曲)
二〇〇八年

讲台半世笔耕,桃李春风津门。
美育美文美论,丹心一片赤诚。

贤妻相伴,儿女孝顺,学子成材报恩。
雪落满头心阔,晚年幸福如春。

哭苏世庸同窗（自度曲）
二〇〇八年

小坐宾馆话少年，一阵心酸，一番口甜，苦苦追求半世缘。

携妻返并，喜乐无前。分手一年君长眠，吾泪纵横，情寄中原。

卖花声·与傅敬业再逢有感
二〇〇八年

别后又相逢，如沐春风，今天笑对白头翁。半世青丝霜尽染，气度雍容。

黄水浪波涌，多少友朋，悄然驾鹤冥途中。你我重逢何处再？把酒相迎。

卖花声·读师弟石青短信
二〇〇八年

半辈子友情,一片真心,京华一别返乡井。

他日如能再见面,把酒相迎。

夜梦觉惊醒,短信响铃,告之吃住衣穿行。

感谢同窗常牵挂,千里传经。

西江月·忆旧
二〇〇九年

小院梧桐听雨,薄帘秋月来风。

灯前重忆旧时情,如醉交欢与共。

今夜梦魂初醒,浓情未了还空。

相思不尽却从容,天晓寒鸦飞动。

漫步颐和园西堤（自度曲）
二〇〇九年

夕阳下，晚风凉，霞光芙蕖满荷塘。

织女飞梭织夜景，牛郎月下品花香。

轻舟摇进藕深处，伸手采莲戏情郎。

满目清辉舒夜色，流萤飞舞飘秋光。

水调歌头·闲居
二〇〇九年

青发换银丝，晚岁住京东。

观星、待月、逐日，陶醉故纸中。

举笔浸淫诗墨，交友颇多吟客，索句结文朋。

咏菊赏秋景，唱和竹梅颂。

点鼠标，瞧影视，度诸宫。

偶邀同窗故旧，捧酒溢干红。

酒醉挥毫书狂，狂放笔飞龙凤，

更有疯魔状，桃李绿东风。

西江月·山溪
二〇〇九年

出自深山幽谷，流经峭壁悬崖。
奔腾不息笑颜开，甘去疏江填海。

从不思前顾后，只知继往开来。
始终勇进把难排，总是痴心不改。

卜算子·哭杨恩选同窗
二〇〇九年

曾忆月高悬，马牧乡村夜。
你我交谈麦垛前，畅叙心中愿。

别后未相逢，半世难相见。
惊悉君骑仙鹤飞，悲泪洗吾面。

鹧鸪天·嫦娥二号升天
二〇一〇年

柳岸景园斗室中，闲哼小调夜朦胧。
举杯邀月清茶饮，挥笔书情墨更浓。

开电视，自从容，嫦娥又现广寒宫。
吴刚设宴笙歌庆，玉树悬灯别样红。

西江月·山泉
二〇一〇年

地底恬然清淡，水涌源远流长。
满怀喜悦济山乡，奉献人间欢畅。

功过任人评说，历经多少沧桑。
千旋百转出深渊，毕竟胸襟坦荡。

梦遇侯桂柱同窗（自度曲）
二〇一一年

与君分手五十秋，挥笔欲写几行愁。
思悠悠，念悠悠，何时能聚首？

流年似水无情篦，梳尽青丝变白头。
怨悠悠，恨悠悠，梦想再携手。

昨夜梦中真相遇，醒来一空悲泪流。
情悠悠，意悠悠，了结半世忧。

鹧鸪天·诸同窗金婚感怀
二〇一一年

苦乐酸甜五十秋，同欢同乐同忧愁。
并无奇迹惊天地，却有丹心为国酬。

春已去，梦还留，凭栏遥忆情悠悠。
夕阳虽短情无限，风雨同舟伴白头。

惜芳菲·盼春
二〇一一年

漫漫严冬寒意苦，难耐朝朝暮暮。

窗外风沙注，尘埃落满人行路。

小院红梅今又吐，逐散愁云几缕。

喜盼春光步，驱车柳岸赏春处。

江城子·梦遇
二〇一二年

别离半世两茫茫，日思量，夜难忘。

万水千山无处话悲伤。今日相逢怎不识？

皱满面，鬓如霜。

夜来幽梦竟成双，拜高堂，入新房。

相亲相抱落下泪千行。鸟雀惊醒魂梦断，

多少事，化凄凉。

江城子·哭车继红
二〇一三年

继红乘鹤去仙乡,断人肠,泪千行。
友情未了,心痛忍悲伤。亮节高风光永照,
星灿灿,月煌煌。

音容笑貌怎能忘?话声朗,语声响。
功垂故土,名就震他乡。雨后彩虹映华夏,
山翠翠,水长长。

鹧鸪天·思旧
二〇一三年

携手伊人相约游,丁香花谢梦难收。
绿池静水波澜起,银杏梢头月似钩。

人已老,水长流,鸟鸣唤起心中愁。
灞桥杨柳年年绿,怎耐相思终不休。

长相思·偶感
二〇一四年

日相思，夜相思，日夜相思年少时。
　　痴情谁可知？

思归期，念归期，思念归期未有期。
　　为伊长梦痴。

相见欢·梦遇辛亮兄
二〇一五年

　　春云夏雨秋风，盼相逢。
　　可惜，隔山隔水隔太空。

　　何时见，苦思念，意千重。
　　昨夜，咱俩竟遇梦魂中。

牙牙学书（自度曲）
二〇一五年

三伏临池，挥汗如泼。孙女笔耕点横挫。
酬勤天道，锦绣前程。小树成梁香远播。

登望海楼（自度曲）
二〇一六年

望海楼上观南海，天亦蓝蓝，
海亦蓝蓝，海天一色望无边。

俯观海潮涌白日，雪漫海滩，
霞落海滩，仰视鸥燕歌舞欢。

雾霾（自度曲）
二〇一六年

幽燕雾霾遮白日，黄天昏昏。

灰天昏昏，沙飞雾漫京都城。

老人出门就喘气，浊气难忍。

双目难睁，少女花衣布满尘。

鹧鸪天·丙申首日京华落雪
二〇一六年

瑞雪纷飞夜幕垂，银装素裹映寒晖。

家家对子红光耀，户户梅花香气微。

煮饺子，菜肴炊，全家围坐酒三杯。

欢歌一曲声声脆，恭贺新春伴雪飞。

浣溪沙·给傅业宝琦同窗
二〇一六年

在校同窗各有求，分离谁料竟成俦。

一生相伴总回眸。

南国新春会子孙，中原敬孝祭坟头。

并州携手度春秋。

长相思·中秋抒怀
二〇一六年

思中秋，盼中秋，每到中秋添万愁。

镜中看白头。

歌中秋，唱中秋，古运河边观水流。

月圆水下游。

长相思·同窗聚会
二〇一七年

日思念,夜思念,日夜相思难入眠。

何时美梦圆?

思绵绵,念绵绵,今日同窗相聚欢。

清茶话少年。

一剪梅·八十抒怀
二〇一七年

将涉人间八十秋,腰已佝偻,银发飘柔。

讲台三尺度春秋,愁退眉头,乐驻心头。

一世耕耘步不休,身驾犁耧,犁破烦忧。

春风桃李满神州,竞得风流,赢得金秋。

水调歌头·金婚感怀
二〇一七年

亲历半世纪,花落又花开。几度风刀雨剑,璞玉掩尘埃。坚信青云有路,莫教苍天负我。但等春雷来。有爱侣相伴,有满腹真才。

东风劲,山增彩,瑞云来。枝头喜鹊频唤,催我上高台。喜得夫妻安泰,更见儿孙精彩。晚岁红梅开。不觉金婚至,举酒抒情怀。

长相思·梦遇秦凤俊兄
二〇一七年

魂梦中,又相逢,笑语欢声话未终。
共表同窗情。

来匆匆,去匆匆,梦里醒来满目空。
两眶泪水涌。

虞美人·寻梦
二〇一七年

孤灯寒夜何时了,岁月催人老。
蜗居斗室尽烦恼。长忆同窗故旧到晨晓。

少年美梦依然在,只是童颜改。
潜心寻梦志难休,泼墨吟诗赋曲书烦忧。

鹧鸪天·有感各国孔子学院
二〇一八年

万世师表唱孔丘,奠基儒学制鸿猷。
三千弟子孔门后,七十二贤金榜优。

礼教施,立清修,诗书礼乐易春秋。
千年国粹光宇宙,儒学育人遍五洲。

鹧鸪天·深秋感怀
二〇一八年

沧海横流浪遏舟,风帆难启欲先收。
满怀宏愿柔肠断,残梦依稀冷月幽。

春已老,梦难酬,楼前落叶始知秋。
小家泼墨传心绪,陋室书诗总不休。

小桃红·猪年感怀
二〇一九年

合家欢乐笑声频,梅绽传春信。
瑞雪飘飞寄诗韵。

唱新春,举杯自慰银霜鬓。
叶衰落黄,久居异乡,常念少年情。

长相思·病发感怀
二〇一九年

山一程,水一程,劳累一生功未成。
　　　老来病缠身。

风一程,雨一程,踏碎初心梦不成。
　　　未来盼子孙。

浣溪沙·给南韵玲同窗
二〇一九年

霜染青丝白发疏,心善目慈口吐珠。
　　　情深似海笑如初。

半世耕耘桃李苦,一生倾爱助其夫。
　　　晚携老伴著新书。

忆秦娥·哭张承纲兄
二〇一九年

西风烈,龙城夜暗云遮月。

云遮月,承纲驾鹤,泪流难别。

京华幽燕飞飘雪,同窗小弟声声咽。

声声咽,吾心难忍,嚎声恸绝。

故乡情深

山居秋景
一九七三年

屋小卧云苍，门前石径长。
溪清红叶醉，菊绽散奇香。

山居夜雨后
一九七三年

一夜山村雨，林深风怒号。
晨观丹水浪，仰首珏峰高。

忆松蓬庙
一九八〇年

风雨府城松，虬枝撼太空。
涛声今何在，只留梦魂中。

来村忆
一九八〇年

挥笔长相忆,大山放牛时。
凤栖观庙后,有我旧相知。

春过高平梨乡
一九八一年

车从梨乡过,梨树满山坡。
白玉花正放,但等结金果。

过阳城郭峪古城
二〇〇八年

古城气势雄,壮哉一长虹。
若与相府盟,无处不东风。

看东四义荷塘
一九六二年

四义荷塘泛碧波,嫣红姹紫真婀娜。
身姿犹带苏杭味,嫁到太行魅力多。

泽州天井关
一九六三年

山西要塞天井关,威镇太行岁月闲。
孔子回车留旧迹,拦车故事传千年。

庄头村外夜乘凉
一九六四年

尖首山坡夜乘凉,朦胧月色掩山庄。
清风阵阵吹人醉,频送野花扑鼻香。

庄头村
一九六四年

细雨微声晨起无，庄头一夜绿纱敷。
山楂红果群芳艳，桃笑杏开尽粉朱。

登珏山
一九七三年

一步一阶上珏山，如腾云雾去成仙。
双峰露出妖娆艳，古寺凌空缭紫烟。

珏山吐月
一九七三年

珏山高峻太行崇，直插云天两剑峰。
每到中秋十五夜，双峰吐月映千重。

子抱母柏
一九七四年

子抱母柏一奇观，教育子孙孝为先。
更替兴衰规律事，却编故事传千年。

青莲寺银杏树
一九七四年

银杏树高枝叶茂，久经风雨无人浇。
浓荫覆盖青莲顶，常与白云论低高。

郭壁五龙泉
一九七四年

五龙抽出万缕丝，一潭碧水变清池。
拐弯抹角出峡谷，织就人间绝妙诗。

秋过高平梨乡
一九八〇年

车过高平正入秋,漫山遍野黄梨收。

坡坡金果引人醉,醉满山头醉满沟。

过长平
一九八一年

此地当年古战场,秦兵杀赵如宰羊。

丹河血染惊华夏,千载荣辱留太行。

来村元宵节
一九八二年

温暖人心亮夜空,铁花绽放美无穷。

凤栖古庙观前外,结彩搭棚灯火红。

拜谒赵树理坟
一九八九年

赵树理坟作胜游,野花野草枯荒丘。
文章盖世气长存,人与沁河水长流。

泽州元宵灯会
一九九八年

鸡鸣泽州春风吹,灯耀古城白雪飞。
火树银花通夜绽,游人陶醉不思归。

过巴公原
一九九八年

巴原一片菜花黄,阵阵春风送淡香。
不与百花争色彩,别生一派好风光。

重登珏山顶
一九九八年

佳日泽州六月中，老夫重上珏山顶。
岁临花甲游山乐，志比千年不老松。

再登珏山感怀
一九九八年

二十年后上珏山，沧桑往事梦如烟。
人生道路同山路，坎坎坷坷总向前。

珏山春
一九九八年

缕缕香烟轻似梦，溶溶春色染双峰。
千年古寺复原貌，瑞气生辉伴劲松。

郭壁泉水
一九九八年

东风阵阵进山乡，绿树葱茏暗送香。
郭壁清泉品不够，甘甜清爽胜琼浆。

夜过丹河大桥
二〇〇三年

秋风夜过丹河桥，月照栏杆白石雕。
桥下难寻丹水流，满山灯火涌心潮。

泽州春
二〇〇四年

绿树葱茏日射斜，泽州无处不飞花。
古城四季皆春色，谁料春归到何家？

春忙
二〇〇四年

绿遍太行花满山，清明过后雨如烟。
农村三月闲人少，未了春耕又种田。

泽州三姑泉
二〇〇五年

太行深谷涌清泉，日照山崖彩练悬。
本是玉皇三爱女，而今降落到人间。

三姑泉感怀
二〇〇五年

玉皇三女到人间，剪玉裁珠挂水帘。
山崖飞泉如白练，仙姑巧手送甘甜。

皇城相府游
二〇〇六年

山路崎岖形胜雄,皇城相府有遗风。
古村古院古街道,华夏文明此地丰。

春游九女湖
二〇〇六年

九女湖清漾碧波,天光云影共婆娑。
风翻柳浪莺声醉,日照青山紫气多。

太行红叶
二〇〇六年

漫山枫叶红于火,满目鸿飞草半枯。
迷了金秋醉了客,登高一览太行舒。

太行观落日
二〇〇六年

登上太行第一峰,群峰嵯峨碧玉丛。
云腾雾浓织云锦,喜看镕金落日红。

过山耳东村
二〇〇六年

白云红树乡村路,田垄禾场八月秋。
好景沿途吟不够,青山绿水望中收。

庄头红果树
二〇〇八年

庄头红果几经霜,夹道新楼映夕阳。
尖首山坡纵目望,难找一树心凄凉。

太岳松
二〇〇八年

峭壁悬崖太岳松,虬枝翠盖漫山蓬。
盘根错节凌云志,百折千回化作龙。

大阳文峰塔
二〇〇八年

破雾穿云刺碧空,摘星扪月揽长虹。
挥毫泼墨乾坤外,绘地书天一柱雄。

来村花盆松
一九八一年

形如花盆景,树似人中神。
昔日无灵气,今朝当佛尊。
沙沙风雨起,袅袅云烟生。
百代老松树,来村美象征。

来村凤栖观
一九八一年

金玉砌成墙，堪宜待凤凰。

梧桐青欲滴，翠柏绿生凉。

歌舞遏云楼，凤凰入梦乡。

碑匾不胜数，笙箫飘殿堂。

泽州元宵灯会
一九八一年

爆竹声声脆，烟花处处飞。

龙腾火树艳，狮跃碧波美。

满地飘彩练，漫街闪霓晖。

千船歌不尽，灯会醉人归。

返乡
一九九〇年

回乡心最切，携幼返家园。

天色随云淡，泉声共鸟喧。

山楂花正绽，风暖陌上田。

旧院今何在，新楼笑不言。

深山寻碑陵川二仙庙
一九九〇年

红叶白云飞，寻碑入翠微。

野花掩石道，山气沁心扉。

曲径通幽处，柏梢落余晖。

醉观精美句，忘却几时归。

雨后珏山
一九九〇年

珏山秋雨后，林木轻纱萦。

丹水浮萍乱，蓝天云色清。

池开虹弄影，泉响鸟传情。

且有轻风伴，开襟景更明。

东四义村
一九九〇年

北国园林地，巴公四义村。

山青松柏翠，水绿莲荷生。

街净迎宾客，楼新会故人。

满村飞笑语，无处不歌声。

夏游东四义
一九九〇年

人造湖光秀，荷开四义游。

青山浮碧水，绿树掩红楼。

霞落湖悬日，夜深月挂舟。

泽州清净地，华夏占鳌头。

秋登王屋山
二〇〇八年

秋登王屋顶，气爽满山新，

万壑吐烟雾，千崖缭彩屏。

栌红枫叶醉，水碧池溪清。

极目峰峦外，天高雁南行。

暮入太行峡谷
二〇〇八年

入谷日西斜，太行风景佳。

山高摇翠影，石大浮银纱。

侧耳听啼鸟，仰首始见花。

天地横不变，如临佛国家。

晋城感怀
二〇〇八年

蓝天飞白云，绿水弹弦琴。

广厦依山建，琼楼遍地新。

香缭白马寺，烟漫西洼岭。

远客归来兮，满腹故乡情。

晋师附小看老邻
二〇〇八年

踏上泽州路，琼楼一片新。
蓝天飞笑语，绿水唱歌声。
新楼迎归客，老居看旧邻。
多年未见面，情泪满眶盈。

山乡农家院
二〇〇八年

走进深山洼，雾轻荡似纱。
院陈农稼具，圈养野猪娃。
屋前树挂果，院后坡爬瓜。
山村美似画，最美是农家。

故乡感怀
二〇〇八年

春来溪水清，草绿迎东风。

岭上夭桃艳，田畴麦苗青。

家家追美梦，户户讲文明。

晚岁返乡里，胸装满腹情。

孔子回车
一九七〇年

孔子传经上太行，云蒸霞蔚好风光。

车行关塞天井隘，石砌阳城路上挡。

子路良言车欲过，儿童妙问子迷惘。

回车阪道返齐鲁，聪慧晋人天下扬。

郭壁山居抒怀
一九七四年

深山居住胜平原,几缕浮云独自闲。
眼望中天挂明月,耳听泉水伴琴弦。
狼嚎峡谷惊鸟乱,犬叫村头动人眠。
古刹晨钟催我起,漫行山径喜心田。

来村凤凰台
一九八一年

凤凰台上凤凰游,凤去台空留土丘。
昔日荫荫梧桐密,今朝寂寂灰蒿稠。
北岭已换铁牛耕,长道难听毛驴吼。
名胜可怜今犹在,凤台不修使人愁。

来村花盆松感怀
一九八二年

来村花盆松劲苍,千年百代嫩芽长。
饱经岁月观尘世,历尽王朝看炎凉。
四季枝繁发翠绿,终年叶茂散清香。
长生不老送鸿运,毓秀来村福善昌。

重返郭壁村
一九九三年

离别山居二十秋,重返旧路情悠悠。
五龙台下看清泉,郭壁村头访故友。
旧屋门前留倩影,丹河水上荡轻舟。
当年建坝友何在?今日难寻使人愁。

蟒河猴山行
一九九五年

漫行王屋多奇险，翠柏苍松遮碧天。
古木森森猕猴跳，蟒河潺潺娃鱼欢。
歌声阵阵山鸟唱，笑语声声群猴玩。
我欲攀登出峡谷，眼前美景醉难还。

晋城新城
二〇〇七年

削山填壑筑平台，一片新城眼界开。
地阔始知风浩荡，天宽更有鸟徘徊。
琼楼精致随形建，大厦巍峨顺势排。
忽忆古城旧面貌，欣喜锦褥依山裁。

回乡感怀
二〇〇八年

常忆太行野色苍,山庄景物铭心房。
少年去里追新梦,晚岁归乡抱旧邦。
拜祭祖坟添愁绪,面临老院感神伤。
几多往事今又现,岁月无情痛断肠。

古稀返乡有感
二〇〇八年

地北天南变白头,古稀尚健看亲友。
半生鹏翼上党地,晚岁萍踪运水头。
但言梅老难堪雪,敢道菊黄最爱秋。
太行丹水应知我,词海诗河乐坐舟。

泽州青莲寺
二〇〇八年

丹水横流硖石前，青莲古寺隐其间。
子母柏翠承春色，银杏花开耸碧天。
佛殿恢宏香客驻，慈云缥缈梵音旋。
身边或觉清风起，俗念心尘俱已蠲。

晋城
二〇〇八年

山绕古城花满山，满城拥翠绿荫连。
花开大道千重艳，柳拂长街十里烟。
桃绽樱开锦绣地，莺飞蝶舞碧云天。
太行太岳春风暖，古国中华一乐园。

登高感怀
二〇一四年

经风经雨又重阳,遥望太行是故乡。

夜夜有情还有梦,天天无奈也无常。

春蚕吐尽丝千缕,秋水引来雁一行。

晚岁燕山成上客,竹林梧月已苍凉。

游珏山风景群
二〇〇三年

坂道通山巅,珏峰耸入天。风光无限好,漫步古青莲。

先拜千手佛,上香保平安。银杏树叶茂,子抱柏奇观。

寺前丹水流,滔滔穿山野。南有五龙台,泉气生云烟。

瀑布涌白雪,溶洞挂水帘。中秋观奇景,双峰吐月圆。

夜返泽州城,星河满山间。丹河大桥雄,雄奇惊世界。

驱车上大道,晋焦公路宽。我劝泽州人,速辟旅游线。

白马拖缰（短歌）
一九七四年

白马拖缰奇，

拖铃从东撒到西，

声声震耳鸣。

神骥不知何处去，

只留宝塔镇妖气。

天净沙·郭壁晚照
一九七四年

苍松翠柏古刹，红墙绿院人家，

瓜果牛羊鸡鸭。

飞流直下，山村水郭飞霞。

忆江南·珏山好
一九八一年

珏山好，峰峦最巍峨。

翠柏苍松疑是画，天门晴雾晓来多。

脚下丹河歌。

珏山忆，最忆是中秋。

夜降一轮明月出，双峰吐月景幽幽。

人在月宫游。

西江月·太行松
一九九〇年

登上太行险峰，俨然出世凌风。

回头竟见两三松，长在巉岩石缝。

几寸虬枝翠羽，百般妩媚雍容。

任凭雪打与雷轰，愈显端庄凝重。

行香子·太行秋色
一九九二年

雾笼太行,碧水悬挂。景幽处,三五人家。
红墙绿院,斜映朝霞。
看橙柿子,黄苹果,红山楂。

东坡梨树,南岗庄稼。难寻访,秃岭荒洼。
重重似画,处处升华。
瞧风光美,山村变,赞声哗。

忆江南·返乡有感
一九九六年

风景好,最好是家乡。
柳绿桃红溪水碧,瓜甜果脆野花香。
四季总芬芳。

山村变,楼院衣新装。
广场文化添乐事,汽车户户载米粮。
笑语话家常。

天净沙·夕照太行山谷
二〇〇一年

青藤绿树山花,石桥坂道悬崖。

飞瀑水帘高挂。

夕阳西下,太行山谷飞霞。

天净沙·太行水乡春
二〇〇二年

青山绿水碧空,白杨翠柳和风。

鱼跳舟行水涌。

晨阳高照,山村古道飞鸿。

天净沙·太行水乡秋
二〇〇二年

水乡落日人家,红墙绿院飞霞。

柿子玉米高挂。

羊欢牛叫,惊来一片鹅鸭。

采桑子·晋城
二〇〇二年

太行太岳横南北,缭绕祥光。
花醉群芳,千里沃土五谷香。

沁河丹水多奇彩,沐浴朝阳。
再铸辉煌,万众征程奔小康。

采桑子·春过沁水
二〇〇二年

蚕乡沁水山村美,遍地桑林。
到处桑林,沐浴春光浮翠金。

风光无限人心好,早也辛勤。
晚也辛勤,桑女蚕姑笑不停。

行香子·太行山谷
二〇〇四年

山谷吐烟,瀑布惊弦。仰首望,一线蓝天。
丛林苍翠,青藤倒悬。
恰云涌诗,风涌韵,洞涌寒。

飞泉若注,峭壁惊险。奔雷轰,回荡山川。
仙衢信步,肺肠心酣。
愿柏长青,人长寿,月长圆。

过高平城(自度曲)
二〇〇五年

车过高平琼楼新,无边秀色翠掩睛。

风扫青草绿,露润花蕾明。

红女绿男牵手游,一颗春心一片情。

柳下传私语,池边听蛙声。

王莽岭遇旧友(自度曲)
二〇〇五年

九九织秋景,云开倍觉新。

王莽岭上遇旧友,胜地觅知音。

松绿山岩碧,枫红水映金。

送爽秋风聊往事,握手叙旧情。

巫山一段云·春忙
二〇〇五年

布谷林间唱,农家乐未央。
沁河两岸沐春光,紫燕闹春忙。

浇水棉粮地,施肥桃杏乡,
村妇笑语话家常,男女插新秧。

巫山一段云·重游青莲寺
二〇〇五年

古寺依山壮,青莲枕碧流。
寺前丹水荡轻舟,如梦醉悠悠。

仰望珏山顶,重观五龙头。
水帘洞前写春秋,不慕九州游,

浪淘沙·晋城解放六十周年、建市二十周年
二〇〇五年

千里寄诗篇，遥望蓝天，励精图治六十年。
泽州山川来眼底，旧迹重牵。

五县大团圆，乐事无边，太行起舞逐管弦。
丹水欢歌抒锦绣，盛况空前。

浪淘沙·春过四义荷塘
二〇〇五年

双雁满荷塘，划破琼浆。杨花柳絮正飞扬。
风过小桥人欲醉，异样风光。

溪水绕山庄，村满流香。坪畴十里菜花黄。
似火桃花樱胜雪，蝶舞粉芳。

清平乐·太行暮春
二〇〇五年

鹃声鸣苦,难唤春光驻。
刚见春来春又去,满目飞红落素。

太行山上风光,燕飞柳绿草长。
蜂采百花成蜜,年年不负春光。

鹧鸪天·巴公五月
二〇〇五年

五月巴原遍地黄,家家户户麦收忙。
朝天挥汗成油雨,落地飞镰趁月光。

男点种,女打场,欢声笑语话家常。
金山座座摩天立,楼院新房唱小康。

江城子 · 返乡
二〇〇五年

今携老伴再返乡,路苍苍,水茫茫。
风光一路,欢歌趁夕阳。
莫道往事都已过,情仍在,意深长。

年华似水看重阳,叙家常,话兴亡。
花开花落,一枕笑黄粱。
功过是非休莫问,惜晚景,重安康。

鹧鸪天 · 庄头春天
二〇〇五年

谢了夭桃一片霞,迎来素梨绽奇葩。
杏花败落芳菲尽,苹果盛开白玉花。

银杏树,柿钱花,星星点点也光华。
山楂红果争相艳,村里樱桃笑满家。

西江月·巴公元宵灯会
二〇〇六年

焰火彩灯星斗,歌声飞出街头。
村姑甩袖舞红绸,小伙擂鼓摇扭。

月色如银爽朗,掌声赞语娇柔。
白发老人笑凝眸,醉饮元宵美酒。

南歌子·探乡亲
二〇〇六年

漫漫丹川路,悠悠故里行。
半生漂泊别乡井,晚岁京华幽燕苦相萦。

枕上丝丝梦,诗中缕缕情。
思乡泪水湿吾心,终定携妻带子探乡亲。

鹧鸪天·巴原夏收
二〇〇六年

春尽夏来人不闲，金涛滚滚要开镰。
才闻垄上机声响，又见地头麦粒鲜。

年景好，笑声欢，农家一步一重天。
累累果实满车载，载满欢歌载笑脸。

鹧鸪天·车过焦赞城、孟良寨
二〇〇六年

萧瑟秋风扫雾霭，车过焦赞城头衰。
层峦叠嶂依然在，满目残垣心自哀。

翻峡谷，上高台，孟良寨里忆雄才。
杨家将帅传千古，铁马金戈入梦来。

鹧鸪天·青莲赏月
二〇〇六年

款月台前望月宫,中秋竟与嫦娥逢。
嫦娥露出妖娆艳,飘落人间舞彩虹。

丹水浪,广寒宫,水帘洞里唱歌声。
珏山景致誉华夏,明月一轮出珏峰。

清平乐·登白马寺山
二〇〇八年

松青柏翠,不觉登临累。
日照丹川景色美,别有一番滋味。

千年禅院翻新,巍巍古塔凌云。
白马拖铃何处?游人到处找寻。

长相思·乡愁
二〇〇八年

丹水流,沁水流,
流下太行最尽头。风轻莫载愁。

念悠悠,思悠悠,
别梦乡关总不休。月圆霜满楼。

长相思·思乡
二〇〇八年

他乡行,故乡行,
海角天涯游子情。情连丹水滨。

思乡殷,盼乡殷,
幽燕闲居几度春?无从问旧邻。

长相思·返乡
二〇〇八年

车辚辚，水粼粼，
欲待返乡去问询。乡音有几分？

巴原声，阳阿声，
阵阵乡音动客情。东风拂故人。

长相思·老院
二〇〇八年

草有根，树有根，
尖首山中觅旧痕。青苔结几层？

推大门，敲小门，
老院荒芜没答声。无言梦最真。

长相思·上坟
二〇〇八年

山上寻，山下寻，
寻到祖坟意最沉。无声敬几分。

情深深，泪纷纷，
挥泪坟头献大恩。感恩训子孙。

鹧鸪天·登南岭
二〇〇八年

慨叹登临片片霞，眼前全是艳桃花。
情痴或忆曾携手，逸兴回味同饮茶。

怜窈窕，惜芳华，伊人如玉去天涯。
相逢梦里又离别，难分难舍泪溅花。

生查子·过沁河
二〇〇八年

春来草木苏,水里鱼虾舞。
油菜泛青黄,两岸如花圃。

莺歌耕地男,燕唱采桑姑。
锦绣和谐地,春色青弦抚。

一剪梅·沁河农民
二〇〇八年

面对黄沙背向天,冬也争先,夏也争先。
田头菱角总难闲,苦也心甜,累也心甜。

日夜辛劳睡不眠,渴也无言,饥也无言。
男男女女紧相牵,粮也登天,棉也登天。

破阵子·重游沁水有感
二〇〇八年

踏破崎岖坂道,急行王屋山城。

竟见沁河秋日浪,掀动胸中万丈情。

喜听宫调声。

醉里驱车看景,醒来畅叙中庭。

柳氏民居遗万代,落泪文豪墓里人。

尉迟哭赵君。

渔家傲·沁水一瞥
二〇〇八年

王屋小城千嶂抱,沁河两岸风光好。

广厦琼楼山上造。

欢声笑,沿河小院春风扫。

晨梦惊醒麻雀叫,俊男靓女街心跳。

白发老翁瞧热闹。

开放好,山城迈进康庄道。

采桑子·锦溪落花
二〇一〇年

锦溪屈曲波光美,草也青青,
花也英英,波水浮萍映碧葱。

东风吹断锦溪梦,不见波踪,
不见浮萍,古寺花卉满目新。

采桑子·梦现白水秋波
二〇一〇年

清波浩渺秋光好,波晃澄澄。
清漾濛濛,晃漾清波映碧葱。

如情似梦白河水,幻影瞳瞳。
真意浓浓,疑似天堂入梦中。

采桑子·碧落卧云
二〇一〇年

松苍柏翠层云卧,香雾融融;
烟雾浓浓,碧落云腾升九重。

漱玉寒泉夜风劲,松影疃疃;
月影朦朦,摩崖石窟形无踪。

行香子·梦还故乡
二〇一四年

夜静心凉,满腹凄苍。望太行,千里思量。
一时气盛,告别山乡。
历梅花寒,雨花紧,雪花凉。

一路顺当,儿女情长。夜深时,长梦还乡。
民风依旧,古巷新装。
看街头舞,炕头笑,路头长。

大阳香山游
二〇〇七年

趁朝霞绚丽，红叶染山头；

赏晨光清晖，绿畴紫烟浮。

携妻儿爱女，伴亲朋好友，

踏遍香山蹊径，享尽仙境清幽。

听万松齐吼，观孤松独愁；

小坐蝴蝶石，畅饮高粱酒。

引来蝴蝶舞翩跹，山林鸟雀亮歌喉；

巢云阁上停，如临佛国，薄雾轻云山中流；

巢云洞中留，似坐禅房，人世红尘皆看透。

虎包泉，清凉水，甘甜软绵解轻愁；

睡佛洞，佛主休，心若明镜光千秋；

九英梅树花开胜，枝枝朵朵喜心头；

琴响泉中万马吼，如雷贯耳震五洲。

香山美景观不够，水秀山清誉神州。

王莽岭秋色赋
二〇〇七年

王莽岭上赏秋景,别致风光耀眼明。
一层层红,红如血;一层层黄,黄似金;
一片片紫花,花成海;一片片枯草,草变银。
赤橙黄绿青蓝紫,漫山遍野落彩屏。

松风一阵山涌动,沁人芳菲醉流萤。
低头看溪,溪弹琴;仰首观峰,峰卧云。
一沟沟大枣,红灿灿;一岭岭高粱,笑盈盈。
绝壁飞下千丈雪,山泉吟唱歌不停。

早观日出红通通,似火球,悠哉悠哉向天行;
暮赏落日黄灿灿,如金撒满盘山路,霞落山坡镀镕金。
山路上,人语声,欢笑声,轻歌声,山谷声声有回音;
绝壁上,机轮声,喇叭声,喧哗声,挂壁公路耀眼明。

峰高林木翠，谷深葱林荫。

好一个太行奇景，好一片山川秀水，

好一岭璀璨秋林，使人陶醉，使人着迷。

我游华夏万千景，不及太行一道岭。

山水吟　祖国情

上太行
一九六二年

欲观黄水浪,先上太行山。

峡谷云烟吐,群峰碧接天。

晨游太行
一九六二年

雾散千峰秀,云开百草幽。

清泉绝壁挂,醉客画中游。

双峰插云
一九六六年

风起云行快,山高月上迟。

双峰烟雨后,美在雾飘时。

断桥残雪
一九六六年

断桥桥不断,桥下水悠悠。
不见初春景,但观残雪流。

湖心亭韵事
一九八四年

荫荫烟柳盖,碧水浸亭台。
绿女抱红男,湖心吐情怀。

看神女峰感怀
一九八六年

一峰耸碧空,仙女舞东风。
云雨风流事,骚人歌不穷。

壶口瀑布感怀
一九九二年

黄河涛浪壮，壶口瀑飞狂。
狂放穿山野，高歌向海洋。

过三峡
二〇〇六年

古稀作胜游，如梦久凝眸。
高峡平湖出，风光不尽收。

乐山大佛
二〇〇六年

山是一尊佛，佛如一座山。
脚踏碧绿地，头顶湛蓝天。

游北京蟒山
二〇〇六年

青松浮白云,绿水弹琴弦。
巨蟒腾空起,弥勒笑不言。

游峨眉过清音阁
二〇〇六年

水清冲巨石,林密生栋梁。
竹翠造仙境,阁幽闪佛光。

龙门看黄河
二〇〇六年

屹立两山中,黄河气势雄。
浪涛滚上下,难辨西和东。

望雁荡山灵峰
二〇〇六年

高耸入长空，奇幽月影笼。
巨鹰凌碧海，雁荡更英雄。

卢沟桥感怀
二〇〇六年

千狮弹迹留，国耻系卢沟。
今日游船戏，难消血泪仇。

岳阳楼
二〇一二年

四面河山壮，万民喜乐游。
洞庭八百里，华夏第一楼。

嘉峪关
二〇一三年

雄视气如山,嵯峨第一关。
左公柳染绿,紫气溢山川。

北京龙凤山
二〇〇六年

龙山凤山相望,蟒山脚下水长。
本是荒山一座,今成避暑山庄。

走进太行山谷
一九六二年

走进太行山谷险,奇峰怪石映深渊。
神力造化如仙境,仰望头顶一线天。

登太行感怀
一九六二年

太行奇峰刮目看，峰峦泉水绿如蓝。
山村古刹留千载，淳朴民风万代传。

秋游秦淮河
一九六六年

秦淮十里荡轻舟，两岸楼台水上浮。
歌女不知何处去，万千游客唱金秋。

游秦淮河感怀
一九六六年

佳山佳水秦淮景，佳月佳风石头城。
痴色痴声云雨地，痴情痴意梦中人。

南京瞻园
一九六六年

楼外青山山外云，池边绿树水清清。
英雄千古无踪迹，换得游人满园行。

游武昌黄鹤矶
一九六六年

武汉大桥壮九州，龟蛇昂首锁江流。
茫茫九派天上来，何处去寻黄鹤楼。

过武汉长江大桥
一九六六年

彩虹飞架炳千秋，九派茫茫眼底收。
江水滔滔桥下过，欢歌笑语向东流。

平湖秋月
一九六六年

每逢秋夜看秋月,皓月当空水下落。
风静波平明似镜,满湖玉碎满湖雪。

苏堤春晓
一九六六年

长堤杨柳草萋萋,花满径旁路不迷。
游客未醒梦正酣,枝头黄鹂耳边啼。

钱塘晚照
一九六六年

雨后钱塘看夕阳,水清云淡江风凉。
阴云散尽流光溢,如练长虹水下藏。

钱塘暮色
一九六六年

一片晚霞铺水中，半江碧绿半江红。
轻烟薄雾笼江面，明月如弓悬太空。

六和塔观潮
一九六六年

巍峨古塔千年耸，潮退潮来响似钟。
天下兴亡多少事，桩桩都付大江东。

过汨罗江感怀
一九八四年

汨罗江水泣怀沙，悲壮诗篇未有涯。
洒向洞庭多少泪，滔滔翻作浪头花。

过君山见斑竹感怀
一九八四年

舜帝南巡久不归,二妃涕泪随雪飞。
君山九疑根根竹,泪迹斑斑泣湘妃。

洞庭所见
一九八四年

游艇如箭浪花飞,远近高低入翠微。
最是游人迷恋处,渔夫笑把渔姑追。

桂林
一九八四年

山清水秀桂林城,竹翠洞奇美石生。
画卷漓江观不尽,荔浦阳朔醉游人。

桂林独秀峰
一九八四年

拔地参穹独秀峰,风光不与众山同。

端庄峻峭擎天柱,直入青云气若虹。

孤峰夕照
一九八四年

水光山色雾朦胧,拔地孤峰起太空。

月牙池边游客盛,待赏落日夕照红。

漓江游
一九八四年

漓江两岸峰连峰,瑶寨壮村挂水中。

九马行空腾九天,万船游人歌万重。

漓江所见
一九八四年

漓江两岸出千峰，叶叶渔舟绿水涌。
岩畔走来红袖女，相觑若在画图中。

游长江
一九八七年

朝辞白帝顺江游，三峡风光眼底收。
暮到洞庭霞满目，再登名胜岳阳楼。

早发山城
一九八七年

朝辞重庆云昏昏，不见巴山夜雨声。
莫说瞿塘多阻险，楼船浩荡入夔门。

游长城
一九八八年

遥看长城气势雄,绵亘万里展西东,
秦皇不知何处去,赤县神州腾巨龙。

游十三陵水库
一九八八年

四山环水水绕山,画意诗情描绘难。
本是皇家风水地,而今我辈来游览。

看什刹海老者垂钓
一九八八年

追名逐利岂可夸,转眼都成镜里花。
哪及鱼杆长在手,悠闲自得伴烟霞。

寻鹳雀楼
一九八九年

驱车永济寻名楼,喜看黄河入海流。
鹳雀不知何处去,汹涌澎湃壮神州。

登鹳雀楼
一九九二年

永济登临鹳雀楼,滔滔黄水天边流。
放声高唱母亲河,哺育中华千万秋。

壶口瀑布
一九九二年

奔腾咆哮惊雷吼,澎湃汹涌卷巨流。
浪击巉岩云雾起,彩虹如练舞龙头。

看壶口瀑布有感
一九九二年

黄河瀑布万雷轰,撼地震天惊九重。
雪舞烟飞虹弄影,神州禹力量无穷。

观壶口瀑布感怀
一九九二年

黄水奔腾刲晋秦,雷鸣击荡下中原。
上苍抖擞乾坤动,壮美山河入画帘。

骑马过内蒙荒漠
一九九三年

策马长驱过大漠,疾风烈日奈吾何!
手持皮鞭冲天笑,骥骋荒原我放歌。

长治美
一九九五年

一片朝霞柳万丝，春风春雨正此时。
水清街净无比美，绿树青山总相知。

过太行太岳烈士陵园
一九九五年

烈士陵园掩墓门，苍松翠柏慰忠魂。
献身抗日英灵在，万代千秋浩气存。

游洛阳龙门
二〇〇一年

伊水清清过龙门，千年石窟世间珍。
历经劫难今犹在，泉水轻弹迎客人。

看塔林
二〇〇二年

中岳嵩峰一望中，千年古寺起烟云。
塔林座座传佳话，代代僧存爱国心。

看牡丹败落有感
二〇〇二年

轻车送我洛阳城，观看古都国色香。
不见丹仙何处去，春风阵阵送余香。

看牡丹未开有感
二〇〇三年

今年又去洛阳城，再看牡丹国色香。
可怜连绵阴雨天，丹仙未见难品尝。

洛阳看牡丹
二〇〇四年

三去洛阳赏牡丹,千红万紫花成仙。
人如流水车如龙,春色满城香薰天。

漳泽湖春
二〇〇四年

漳泽湖边柳如烟,白云鹅鸭相随闲。
游艇鸣笛眼前过,笑语歌声漫长天。

漳河暮色
二〇〇四年

漳水清波卷暮霞,满河鹅鸭满河花。
最喜天边生新月,垂钩欲钓并蒂花。

登龙庭恰逢重阳
二〇〇五年

薄雾绵绵暗夕阳,龙庭秋菊闪金光。

黄花应笑远来客,晚岁登高在汴梁。

太行春早
二〇〇五年

挥毫泼墨书新辞,谁说太行春到迟?

桃杏满山花正放,沿河杨柳碧千丝。

长治春浓
二〇〇五年

水如碧玉山如黛,街有香花路有松。

翠竹满园迎朝日,沿河杨柳舞东风。

武乡王家峪八路军总部
二〇〇五年

几间土屋住将军,帷幄运筹陋室中。
万马奔腾驱倭寇,神州大地换新容。

武乡八路军抗日纪念馆
二〇〇五年

中华儿女志如钢,抗日驱倭上太行。
洒血抛头漳水岸,浩然正气千秋扬。

游悬空寺
二〇〇六年

悬空寺里说悬空,孤寺悬空一抹红。
若有公输绝技在,神州何处不东风。

云岗石窟
二〇〇六年

十里长崖气若虹，佛容笑貌仪千重。
恢宏帝业烟云散，石刻永留万世崇。

看开封府
二〇〇六年

正气昂然留嵩岱，清风习习吹中原。
千秋铁面震金瓯，一片冰心清人间。

洛阳白马寺
二〇〇六年

马驮佛经立大功，西天佛法始传东。
高歌摩笠二师力，万古千秋扬德风。

少林寺达摩初祖
二〇〇六年

不爱南朝爱北朝,九年面壁邂尘嚣。
慧师断臂来求法,万古千秋不动摇。

春到运河
二〇〇六年

春雨霏霏春草绿,报春紫燕声声鸣。
最喜古运河边柳,依然烟笼十里堤。

九寨沟看瀑布
二〇〇七年

路转峰回万绿葱,横空瀑布挂帘拢。
飞流若是瑶池溢,荡尽尘埃日照红。

夜重庆
二〇〇七年

夜降山城满郭星,万家灯火挂南屏。
江波映出千重彩,天上人间神鬼惊。

西柏坡吟
二〇〇八年

峻岭深沟起浪波,群星共议换山河。
横扫旧制乾坤扭,立地顶天从此坡。

游莫愁湖
二〇〇九年

六代名都独自游,荷塘叶落正清秋。
不唱五侯不忆帝,莫愁湖畔亮歌喉。

望雪山
二〇一〇年

白雪皑皑映碧空，千年万载不消融。
一轮红日增雅趣，宛若人间腾玉龙。

扬州游
二〇一〇年

结伴携妻作胜游，烟花三月下扬州。
瘦西湖畔赏花醉，二十四桥眼里收。

登岳麓山
一九六六年

秋登岳麓山，曲径绕几盘。
枫叶红如火，松枝虬似仙。
遥望孤城远，低吟寺庙寒。
长岛橘正黄，相水碧连天。

黄鹤楼旧迹抒怀
一九六六年

黄鹤驾云去，名楼旧迹留。

龟蛇睡江岸，鹦鹉恋绿洲。

荆楚花绽盛，江汉舸争流。

独立桥头望，眼中锦绣收。

漓江游
一九八四年

水似青罗带，山如碧玉簪。

风清波潋滟，雨细影婵娟。

江碧柔难描，山奇秀可言。

渔舟归唱晚，壮妹欢歌甜。

桂林木龙古渡
一九八四年

闲游古渡头,满腹情悠悠。

老树盘根错,木龙沿壁游。

古塔留倩影,碧水荡轻舟。

芳草香漓水,山村几度秋。

暮过风陵渡
一九九〇年

古渡斜阳照,大河波浪高。

残云涌白日,暮色落中条。

不看西厢月,但赏黄水涛。

归来歌盛世,畅饮酒千瓢。

解州关帝庙
一九九〇年

帝室册武侯，灵堂立解州。

威名扬四海，雄气播千秋。

凤起午门殿，龙蟠八卦楼。

壮兮关帝庙，伟哉人间留。

重游上党战役旧址
一九九六年

绿尽太行路，古城大可观。

忆往硝烟烈，思今丽日天。

高楼含笑脸，碧水泛清涟。

故地重游日，回首五十年。

登宁夏海宝塔
二〇〇一年

登塔望青空,凌云气势雄。

贺兰腾骏马,黄水走蛟龙。

硕果园林挂,群驼荒漠行。

雄鹰塞上舞,狂遨沙湖中。

洛阳关林游感怀
二〇〇二年

关林忆关羽,义气荡金瓯。

头落当阳地,身埋伊水头。

灵魂飞故里,精魄留神州。

百姓尊武圣,威名震千秋。

横山看瀑布
二〇〇三年

横山看瀑布,喷薄一壮观。

翠壁玉龙出,丹崖白练悬。

山深鸟雀唱,谷静人声喧。

潭深玑珠落,水轻生紫烟。

丽江古城游
二〇〇四年

丽江作胜游,烟雨锁清秋。

街巷芳菲美,门庭玉水流。

声声宋乐醉,阵阵唐风幽。

归榻思山城,满怀情意流。

桂林赏桂树
二〇〇五年

桂林有八桂，晚岁独芬芳。

叶密千层绿，花开万点黄。

虽无倾国色，却有醉人香。

休道世情薄，伴君度炎凉。

三峡游
二〇〇六年

千里泛游舟，风光无限收。

夔门观上古，巫峡探清幽。

白帝故城在，巴东暮雨柔。

西陵峡口壮，神女舞风流。

游日月潭
二〇〇九年

明珠日月潭，玉宇翠湖环。
歌乐兰舟过，开怀游客欢。
漪涟漾碧水，倒影荡青山。
台海相牵日，中华美梦圆。

游杜甫草堂
二〇〇九年

锦城喜乐游，正遇草堂秋。
饮泪读三别，挥毫书九州。
临池垂瘦影，旧梦落孤舟。
不作朱门客，诗成万户侯。

游五台圣地
二〇〇九年

极目五台高,群峰入九霄。

南坡花已放,北岭雪还飘。

左望峰悬日,右观云起涛。

万山松柏翠,古殿香烟缭。

登望海峰
二〇〇九年

登临望海峰,满腹激情涌。

云起山岩乱,雾缭沟壑朦。

坪野青林翠,山顶日照红。

我欲飞归去,观山情更浓。

何园游
二〇一〇年

漫步何园游,浮雕眼底收。
假山依墙建,溪水顺园流。
翠柏围深院,红枫傍小楼。
四时皆爽意,醉饮一年秋。

扬州琼花
二〇一〇年

扬州有异花,稀世古仙葩。
皎皎如盘玉,莹莹无点瑕。
香飘良足贵,雨洗更堪夸。
花形若玉蕊,树树闪光华。

春雨过山塘
二〇一〇年

烟雨锁姑苏，山塘景物殊。

柳堤吞倒影，虹桥入浮屠。

琼花盈盈笑，紫燕款款呼。

好个天堂地，笙歌醉金壶。

望武当山天柱峰
二〇一〇年

青纱翠岱峦，天柱戴金冠。

翠柏掩红楼，银环翔杜鹃。

龙盘玉带转，彩缆祥云翻。

雾漫香烟缭，蔚为壮大观。

款步武功山
二〇一〇年

嵯峨碧玉簪，款步武功山。

林木千嶂秀，水溪万丈悬。

举头看日出，挥手摘星玩。

开襟上巉元，尽情揽壮观。

登滕王阁
二〇一〇年

登楼可销魂，阁楼天下闻。

朱轩盈紫气，画梁绕祥云。

彭蠡烟波荡，匡庐采翠纷。

落霞孤鹜远，秋水共氤氲。

扬州瘦西湖游
二〇一〇年

回环画里游，秀水美长流。

桃柳添湖绿，楼台尽眼收。

五亭方欲立，白塔益金流。

二十四桥在，玉女箫声幽。

与全国诗词作家游西山
二〇一一年

南来雅学者，北到老将军。

共话歌诗律，同谈词曲情。

旧声吟宇寰，新韵颂当今。

意爽金风送，西山携手行。

泰山顶抒怀
二〇一一年

身临东岳顶，俯瞰众山低。

极目太空阔，神驰云海迷。

晨赏日出美，夜看星光稀。

摩崖石刻最，神州书艺奇。

泰山观日即景
二〇一一年

登上日观峰，天空绝顶通。

俯身看地阔，仰首望霄重。

日出霞千缕，云涌烟百松。

临风抒美景，万象纳心胸。

海南三亚行
二〇一二年

携妻三亚行，风雨隐青林。
海角挂禅院，天涯铺绿荫。
远山观海市，近事问观音。
椰子槟榔地，蓝天伴白云。

运河漫步
二〇一二年

漫步运河边，河边寻旧缘。
夭桃开烂漫，彩蝶醉缠绵。
柳岸吐新绿，清溪奏古弦。
老妇扶老汉，含泪话当年。

古渡张家湾
二〇一二年

张湾看运河,心已到苏杭。

几代通衢史,千年留典章。

新村生瑞气,古镇沐韶光。

如画丹青美,浪波韵味长。

登山海关镇东楼
二〇一三年

登上镇东楼,关河四望收。

海潮腾巨澜,热浪卷龙头。

王气百年在,风流千古留。

旌旗烽塞岭,长剑护金瓯。

黄山迎客松
二〇一四年

千古黄山松，一生雅士风。

头耸云海里，脚立峭岩中。

风铸傲龙骨，雨浴娇凤容。

殷殷频致意，情注客心胸。

登岳阳楼感怀
二〇一五年

登上岳阳楼，楚天眼底收。

举杯思范老，醉后忘轻愁。

四面河山壮，万民喜乐忧。

潇湘名胜地，华夏第一楼。

长安吟
二〇一五年

帝都气势雄，雄视贯西东。

汉瓦千秋在，秦砖万世崇。

雁塔传唐韵，碑林扬国风。

古城添异彩，高阁展新容。

北岳恒山
二〇一七年

逶迤来势雄，龙跃雾云中。

岩叠浩难测，寺悬奇不同。

挥毫书胜迹，题句赞佳容。

气贯九天外，神回八万巡。

岳庙感怀
一九六六年

走进杭州岳庙门，千秋凭吊祭英魂。

忠君孝母人间有，武略文才世共尊。

誓捣黄龙迎旧主，惜怜天阙信奸臣。

未酬壮志先冤死，遗恨河山半壁沉。

漓江吟
一九八四年

水里有山山色美，山中有水水恢恢。

千山云绕如仙境，万水浪涌似雪堆。

壮妹欢歌天地动，瑶哥憨笑心花飞。

荷香几缕风吹散，美酒三杯醉心扉。

拿云览胜
一九八四年

健步登临明月峰，拿云亭畔饮东风。

无边碧玉群山秀，不尽青罗二水涌。

虹影卧波南桥下，南天一柱王城中。

桂林胜景览眼底，笑语满城歌万重。

碑林吟
一九八七年

长安名胜数碑林，书艺高超是处寻。

草似飞花神似电，行如流水韵如琴。

十三金典铭金石，亿万珠玑耀古今。

隶篆草真齐荟萃，千秋文墨世人钦。

登老顶山桃花欲谢
一九八八年

登临老顶看残红,矗立山巅一望中。
花瓣可怜摇上下,叶落满地遍西东。
晨随晓雾迎朝日,夕抱柔枝恋夜空。
且莫啼烟还泣露,荣辱何必怨春风。

少林吟
二〇〇三年

五乳峰前少林寺,苍松翠柏起烟云。
慈光普照九州地,佛法宏开万世心。
终脱红尘求净土,未觉贝叶恋乡亲。
禅宗衣钵应相照,寰海袈裟拜祖庭。

漫步红石峡
二〇〇三年

云台山里一奇观，水割太行云锁天。
峡谷深渊凿石径，流水飞瀑飘云烟。
人行栈道须弯腰，鸟落丹崖不见天。
漫步仙衢出峡谷，日光映照彩屏悬。

过三峡
二〇〇六年

长江两岸出千峰，奇丽雄浑各不同。
怪石巉岩悬绝壁，彩虹云霞映青空。
飞流滚滚直流急，栈道蔚蔚鸟道通。
神女丰姿开眼界，舟船如箭向江陵。

看三峡大坝
二〇〇六年

飞流激浪卷太空，截断长江架彩虹。
高峡平湖惩伏虎，大江两岸锁蛟龙。
船行万里穿奇闸，车越千山下险峰。
不是天公神造化，只缘华夏有英雄。

同窗携手游晋祠
二〇〇六年

古稀同学晋祠游，山碧水清云悠悠。
圣女亭前留倩影，隋槐树下说唐侯。
鬓毛落雪人已老，周柏弯腰身不朽。
明镜台前唱大风，愿同难老水长流。

湘西游
二〇一一年

携妻结伴游湘西,好景万千游客迷。

十里画廊如锦绣,宝瓶湖水显神奇。

纵观天子涌云浪,横看沱江船队齐。

登上凤城观美景,山河壮丽五洲稀。

长白山天池
二〇一二年

欲登长白路行难,曲曲弯弯入云端。

山嶂峰峦谁染翠?云霞暑旭已喷丹。

伯牙瀑布弹金曲,王母天池赏玉盘。

十里镜明绿醉意,面迎朝日诵诗篇。

黄山游
二〇一四年

独登黄岳正逢秋，叠嶂层峦纵目收。

云海滔滔腾巨浪，青松郁郁扫轻愁。

嶙峋怪石去雕琢，清澈溪泉汇细流。

漫行幽谷寻仙境，万壑千峰云里游。

骊山游
二〇一五年

骊山胜景风光美，草木葱茏蜂蝶追。

烽火曾经娱褒姒，华清不再浴杨妃。

女娲殿里灯光暗，蒋公亭边客影恢。

千载温泉权贵地，万民欢笑翠微飞。

黄河抒怀（古风）
二〇〇五年

浩荡黄河水，奔流动地天。

涛浪如海啸，滔滔穿山间。

洪波若雷动，滚滚过大原。

东流入海疆，滋润华夏田。

想起黄河害，灾祸几千年。

夺我同胞命，吞我米粮田。

满天黄沙飞，遍地成狼烟。

家家逃难去，远离黄河边。

一声春雷响，神州换新天。

治理黄河水，筑坝造良田。

年年夺丰收，岁岁无灾险。

黄水奔腾激，幸福乐永年。

过剑门（骚体）

剑门山险兮天地壮！
一夫当关兮万夫难闯。
山谷雾腾兮云飞扬，
山峰日照兮闪霞光。
崎岖秦栈兮在何方？
峭壁悬崖兮依山傍。
猿猱攀缘兮岩峦为乡，
百鸟群飞兮古木丛唱。
驱车穿洞兮无阻挡，
天府美景兮眼前亮。
遥望眉山兮佛闪光，
通向锦城兮国色飘香。

镇江抒怀
二〇一一年

青山隐隐，绿水迢迢。大江滚滚，长空浩浩。
碧草茵茵，翠柳飘飘。琼花玉树，樱花妖娆。
山茶石榴，杜鹃夭桃。美艳无比，多姿多娇。
焦山藏寺，金山寺抱。寺庙巍巍，塔影渺渺。
登临北固，山势峻峭。亭台楼阁，甘露寺庙。
处处皆景，景景奇妙。法海洞穴，白蛇浮雕。
临江芙蓉，楼台高高。清泉泠泠，茗茶沏巧。
石岩云梯，水乡小桥。无处不美，无境不妙。
渔姑村妇，娇姿窈窕。红女绿男，美羞天娇。
说话阴柔，步履轻飘。渔歌小曲，竹笛笙箫。
声声入耳，曲曲缭绕。江南风光，如此多娇。
文人骚客，无不倾倒。归来卧榻，如醉难消。
彻夜不寐，泼墨挥毫。吟志抒怀，直逼晨晓。

张家界抒怀
二〇一二年

奇声惊，奇景醉，奇声奇景醉心扉。
光线怪，陆地离，光怪陆离游客随。
峰内生峰峰万变，峪中藏峪峪千洄。
珍稀林木遍山是，名贵琼花满目菲。
云蒸气，霞蔚美，云蒸霞蔚争朝晖。

山巍巍，水潋潋，水清山翠引人醉。
天子山头岚气裹，宝峰湖里鲤鱼肥。
激流蜉石从天降，古刹钟声荡谷回。
天门山，蓬岛阁，乘坐缆车天上飞。
玉皇问，天女追，八仙邀我共倾杯。

好山好水张家界，好景好人土姑美。
武陵源头传古韵，几多溶洞饮神水。
将军列队与妖斗，仙女散花向天飞。
元帅陵园忆战火，深山老林辨是非。
华夏美景上千万，张家界中皆荟萃。

潇湘神·长沙
一九六六年

湘水清,湘水清,浩浩涛浪醉吾心。
橘子洲头望岳麓,满山枫树浮红云。

岳麓红,岳麓红,登临峰顶唱东风。
湘女不知何处去,满城烟柳遮芙蓉。

湘水清,岳麓红,下山小憩爱晚亭。
遥忆当年出俊杰,更赏今日新英雄。

西江月·桂林溶洞
一九八四年

洞外青山绿水,洞中鬼斧神工。
金猴挥棒闹天宫,惊散玉皇美梦。

蜜意牛郎织女,豪情天马行空。
嫦娥迓客舞东风,好个桂林溶洞。

鹧鸪天·桂林游
一九八四年

落日烧天下太行，黄河夜过入中州。
晓来波及洞庭水，南去桂林漓水头。

山里去，水中游，七星芦笛歌无休。
伏波晚照丹飘美，叠彩王城眼底收。

鹧鸪天·烟雨漓江
一九八四年

雾绕奇峰云卧山，漓江烟雨乱游船。
忽如一阵风吹散，若梦若离若上天。

峰似箭，石如仙，白云出岫涌清泉。
如诗如画如仙境，美在青山绿水间。

清平乐·上党春色
一九八七年

春光何处？洒遍英雄路。
杨柳千条风里舞，满目鲜花碧树。

潞州剧院歌飞，漳河鱼跃鹅追。
上党门楼重绘，古城尽染朝晖。

天仙子·看壶口瀑布
一九九二年

怒卷狂涛壶口瀑，椽笔大书惊在目。
黄龙狎浪落深渊，渊喷玉，彩虹出。
秦晋高原青可掬。

一片晚霞铺锦褥，几缕淡烟绕古木。
归来唱罢又挥毫，歌一曲，忘三伏。
黄水滔滔看不足。

天净沙·桃江拥翠
二〇〇二年

几声芦笛春回,一江绿水云堆。

两岸青山拥翠。

奇峰倒坠,桃花江水浪飞。

天净沙·丽江古城
二〇〇三年

小桥流水香花,古街垂柳商家。

俏女俊男娶嫁。

丽江如画,歌飞笙吹山崖。

鹧鸪天·重游桂林感怀
二〇〇三年

万里青空万里秋，明月如镜翠如流。
桂香流溢游人醉，桂酒又添几度愁。

风细细，水悠悠，思伊憔悴桃江头。
我今逐浪随波去，愿作豪情瀚海游。

忆江南·长治好
二〇〇三年

长治好，今日正腾飞。
柳绿花红河水清，欢歌笑语迎春晖。
文明树新碑。

天净沙·榕湖春晓
二〇〇四年

波光竹影花亭，曲桥流水晓莺。
雾散晨光梦醒。
水明山静，古榕芳草茵茵。

天净沙·芦笛仙宫
二〇〇四年

小园翠竹亭台，琼花玉树盛开，
罗幔珠帘飘摆。
玲珑剔透，仙宫永留心怀。

天净沙·西峰夕照
二〇〇四年

丛林梵刹西峰，香飘烟缭云涌。
佛刻摩崖溶洞。
斜阳夕照，莺飞蝶舞蜂拥。

鹧鸪天·长治新貌
二〇〇四年

上党门楼耸碧霄，古城面貌看今朝。
满街绿树满街花，杨柳春风起浪涛。

漳水碧，太行青，中华大地领风骚。
十佳魅力国人赞，点缀山川分外娇。

鹧鸪天·开封龙庭游
二〇〇四年

如织游人过御桥，龙庭胜地任逍遥。
飞檐翘角琉璃饰，头拱重梁彩绘描。

开血战，造英豪，陈桥一战着黄袍。
潘杨湖畔柳飞絮，世事沧桑话七朝。

采桑子·隐山六洞
二〇〇四年

嘉莲白雀山泉映，朝也清凉，暮也清凉。
月色荷塘夜似霜。

朝阳北牖钟乳秀，佛也闪光，道也闪光。
西铭南华神色苍。

长相思·象山水月
二〇〇四年

水溶溶，月溶溶，
水月象山几多情。两江耀眼明。

寺巍巍，塔巍巍，
宝塔剑柄千秋垂。云峰闪异辉。

江南春·花桥映月
二〇〇四年

花灿灿,月溶溶。

桥头芳草绿,明月伴芙蓉。

婵娟姐妹守桥醉,流水清溪飘彩虹。

霜天晓角·桂海碑林
二〇〇四年

摩崖石壁,桂海碑林立。

华夏古今情韵,毫端发,留金石。

有龙飞足迹,有生花妙笔。

隶篆草真齐荟萃,似音乐,如雕琢。

蝶恋花·游桂林感悟
二〇〇四年

游遍桂林山与水,独秀刺云,蝶彩山拥翠。

明月峰巅览胜景,伏波象鼻引人醉。

桂海碑林今古萃,芦笛仙宫,虹卧桃江美。

夕照西峰山色秀,行空九马漓江坠。

忆王孙·桂林老人山
二〇〇四年

几经风雨几经秋,阅尽沧桑白发稠。

岁月枯荣心不老,

老人山,抖擞精神春长留。

阳寿曲·桂林古榕树
二〇〇四年

古榕树，历千秋，牢记涪翁系客舟。
榕溪阁楼何处寻？江岸碑亭水长流。

浣溪沙·长治春
二〇〇五年

浩荡春风乐瞬天，迎来改革颂歌传。
　　十佳城市丽山川。
魅力城市名赤县，蓝图再描创新篇。
　　高举大旗攀峰巅。

长相思·通州春早
二〇〇六年

草也青,树也青,
古运清清沿岸行。古塔响角铃。

桥也新,路也新,
柳翠花红满目情。街花耀眼明。

西江月·通州赏春
二〇〇六年

喜看杨青柳翠,欣闻莺语花香。
运河桥上赏春光,满腹激情高唱。

小草初漂新绿,迎春花露微黄。
燃灯塔顶角铃响,我欲扬帆冲浪!

江城子·古运行
二〇〇六年

运河两岸景悠悠，乐心头，笑眉头。

树绿花红，人在画中游。

文化广场雕锦绣，歌声壮，游人稠。

滨河村镇起高楼，砌花砖，柒红油。

飞阁流溢，户户图宏谋。

小院农家迎游客，瓜果饭，热床头。

江南春·通州春
二〇〇七年

风习习，柳依依。

沿街芳草绿，古运笑声飞。

京杭漕渡游人醉，文化广场人不归。

鹧鸪天·春游张湾
二〇〇九年

杜宇声声歌树中,运河两岸绿葱茏。
杨青柳翠连天碧,桃杏花开映日红。

风剪柳,柳追风,莺歌燕舞尽欢容。
张湾古渡赏春醉,古县新村有几重?

长相思·九寨游
二〇〇九年

摩岭西,白江西,
山色湖光瀑布奇。游人九寨挤。

峰弄池,彩染池,
绿竹奇葩醉我痴。闲云飞出诗。

江南好·雨花台感怀
二〇〇九年

登高望，纵目雨花台。

万里涛声吞日月，千重山色壮秦淮。

江上众帆来。

金陵忆，多少事萦怀。

六代江山山水色，千秋风雨雨花台。

书史写兴衰。

摊破浣溪沙·长白山
二〇一〇年

万里连绵树绽花，缠红叠翠望无涯。

生命资源凌绝地，展光华。

瀑布群峰垂倒挂，丛林流水顺沟爬。

此地仙人曾炼石，溅云霞。

长相思·上峨眉
二〇一〇年

坐飞缆，上眉山，
一片葱茏处处烟。山中可变仙。

山湾湾，水湾湾
四女双眉带笑颜。含羞青翠巅。

鹧鸪天·观大明湖喷泉
二〇一〇年

东海云涛欺岱岳，大明湖里出芙蓉。
澌腾飘洒云天外，疑似长鲸吐纳功。

菏蒲雨，日照红，如珠似玉洒青空。
此间没有风波恶，乱种荷花碧水中。

西江月·香港笔架山
二〇一〇年

初看山如笔架，细观路是天桥。
山巅山下任逍遥，好个东方仙岛。

翰砚谁盛油墨，蓝天握笔挥毫。
维多港外白云飘，饱蘸香江狂草。

鹧鸪天·秦淮游感怀
二〇一一年

六代王都不夜天，秦淮夜色忆当年。
后庭花唱笙箫没，玉体横陈景无前。

情缱绻，意缠绵，绿女红男紧相牵。
秦淮夜景换新彩，舟楫如虹水上悬。

长相思·舟山游
二〇一一年

碧玉簪,鹦鹉螺,
佳气仙山海马拖。游舟击浪波。

岛嵯峨,浪嵯峨,
壮丽舟山唱赞歌。激情泪水多。

木兰花·张家界
二〇一一年

群峰拔地,碧水涟漪映霞霓。
客立山巅,峭壁鹰凭向远啼。

苍松不染,峻石谁雕万古迷。
雾绕烟缭,如梦游人攀石梯。

浪淘沙·巧遇修坝人
二〇一二年

早岁走巴东，踏遍渝川。

背星背月背朝天。

啊嗬一声忙匝地，仰首崖悬。

日夜顶风寒，脚破鞋穿。

为民为国为家园。

修建平湖力不竭，苦换甘甜。

如梦令·游瘦西湖
二〇一二年

湖瘦桥奇船缓，花艳柳柔莺啭。

归路夜灯齐暗！

咋办？咋办？多处未曾游览。

山坡羊·武陵源
二〇一二年

云跑天笑，山尖石峭，武陵源里风光好。
树生娇，水生涛，山高山低神仙貌。

踏遍青山人未老，
山，云在绕；云，山也娇。

采桑子·海南感怀
二〇一二年

初来南海寻清净，天亦蓝蓝，
海亦蓝蓝，天海茫茫没有边。

夕阳落尽夜光灿，星月弯弯，
水月弯弯，椰岛海南飘在天。

长相思·过瓜洲有感
二〇一二年

别扬州,过瓜洲,
千载留名古渡游。游人频点头。

情悠悠,恨悠悠,
杜十娘含满腹仇。箱沉江水流。

相见欢·海南游
二〇一二年

天蓝水碧风柔,海南游。
竟见,依山傍海起高楼。

南山美,椰林翠,可吟讴,
又见,天涯海角显风流。

临江仙·游天涯海角
二〇一二年

盛夏清风拂面，古稀雅兴盈胸。

天涯海角眼蒙眬。

潮浪连广宇，飞鸟掠长空。

脚立滩头远望，老妻沐浴沙中。

清音笑语正情浓。

波涛声不绝，游客影无终。

渔歌子·三亚
二〇一二年

春夏秋冬草木青，风光旖旎四时新。

崖有玉，石生金，蓝天碧海游人行。

海角天涯海里生，海潮海浪醉游人。

涯是柱，角如神，天涯海角九州闻。

忆秦娥·古运秋月夜
二〇一三年

中秋节，五河汇处赏银月。
赏银月，清辉皎洁，月光如雪。

运河秋色花姿叠，广场文化歌声烈。
歌声烈，新城建设，红旗飞猎。

临江仙·胶东游
二〇一三年

齐鲁崂山景秀，胶东半岛花香。
莺歌燕舞蝶成双。
满怀喜悦溢，满腹真情扬。

隧道连通海岸，栈桥伸向深洋。
西窗酣饮揽澜忙。
蓬莱留倩影，仙阁放歌狂。

看阳朔大榕树（自度曲）
一九八四年

阳朔好山水，

喜看古榕叹奇美。

参天显神威。

壮妹笑语清且脆，

三姐歌声漫天飞。

草原（自度曲）
一九九九年

塞外初秋寒，

牛肥马壮羊群欢。

天空碧如蓝。

牧姑手捧哈达献，

蒙古包前醉不还。

登黄鹤楼（自度曲）
二〇〇四年

独登黄鹤楼，楚天眼底收。
龟蛇静卧守千载，仙人何处游？

胜景依然在，长虹连九州。
风云变换万千回，大江向东流。

卢沟桥（自度曲）
二〇〇六年

能测准，桥高桥宽桥长，
测不清，桥上雄狮数量。
七七宛平城头枪声响，
惊醒了，亿万雄狮美梦，
注定了，东洋倭寇灭亡。

游郑州花园口（自度曲）
二〇〇六年

大河涛浪高，花园口前忆前朝。

万民哭号啕。

今日游人赞胜境，黄河高唱歌未了。

龙庭赏菊（自度曲）
二〇〇六年

迎霜志更豪，胜似芙蓉浴后娇。

笑满潘杨桥。

汴都夜风香十里，龙庭月下更妖娆。

雨后看西山（自度曲）
二〇〇七年

雨后看西山，千尺平岗百顷潭。

风景胜江南。

山明水秀如画图，草木葳蕤花似仙。

西湖荷塘所见（自度曲）
二〇〇九年

疏影亭亭，幽香袅袅，初敛秀眉尖小。
轻风吹拂，斜阳夕照，满湖绿裙飘。

藕花深处，芦笛醉箫，飘来浣女歌笑。
荡舟莲下，把手轻摇，同唱荷花调。

傍晚西子湖（自度曲）
二〇〇九年

夕阳正西斜，碧水清风荡晚花。
青山初入梦，翱翔白鹭回无家。

大理游（自度曲）
二〇〇九年

一曲情歌半世流，大理美景，映入双眸。

清泉化艳招千蝶，秀塔云绕映百秋。

人间仙境眼中收，梦里情丝，心底荡游。

洱海月环朱舫角，苍山雪染玉峰头。

观杜甫草堂感怀（自度曲）
二〇〇九年

举步匆匆，欲看草堂破几重。

绿树清风，池边屹立老诗翁。

蝶舞蜂拥，鸟唱蓉城鸣草丛。

广厦高耸，神州何止千万重。

太白楼感怀（自度曲）
二〇〇九年

秋登太白楼，满腹忧愁。
满腹忧愁，不见诗仙月下饮美酒。

举毫诗句留，情意悠悠。
情意悠悠，梦与诗仙和诗千万首。

剑门吟（自度曲）
二〇〇九年

剑门山，剑门关，一剑青峰断。
乱云迷蜀道，急雨锁巴山。

剑门关，剑门山，峰奇路更险。
不过剑门关，哪知蜀道难。

望喜马拉雅山（自度曲）
二〇〇九年

世界屋脊，地球绝顶，万里冰川万古形。
高寒阻飞虹，巍巍气势雄。

登峰涉岭，雪域凌空，日照素练飞彩虹。
腾龙向苍穹，遨游霄汉宫。

中山陵感怀（自度曲）
二〇〇九年

仰首望忠烈，陵园气若虹。
联俄联共兴华夏，反帝反封立奇功。

无私真典范，有为足英雄。
毕生奋斗艰难甚，不改丹心向大同。

武夷山玉女峰（自度曲）
二〇一〇年

丰姿绰约，雾鬟云鬓。笑容真，眼有神。
玉女多情披赤胆，大王无意染红尘。

冰冷桂老，野岭花粉。难求雨，不见春。
万载愁肠消未尽，白头还是女儿身。

望丹霞山（自度曲）
二〇一〇年

石经逶迤，流水潺潺，凭栏遥望画中天。
湖底藏云锦，叠岭腾紫烟。

苍柱巍峨，岚气缭绕，曲江滚滚鹭鸥翩。
夕照凝沙川，醉红丹霞山。

登庐山感怀（自度曲）
二〇一〇年

直上葱茏二百重，欲登庐岳觅诗踪。
雾漫隐飞瀑，云开见危峰。

今古兴衰多少事，涛声日夜大江东。
庐掩萧萧竹，泪萦郁郁松。

庐山吟（自度曲）
二〇一〇年

雾涌烟缭，缥缈山中，一柱青峰上九重。
俯瞰飞流，远观瀑涌，欲撩迷雾觅诗踪。

似晴还雨，迷雾朦胧，水势难回西复东。
古今骚客，题诗壁丛，能有几个识真容。

春游鄱阳湖（自度曲）
二〇一〇年

鸥鹭任翱翔，湖波惬未央。

赣水西来酬五柳，吴江东去笑周郎。

晚唱农家乐，晨听竹雨凉。

最是怡人芳草绿，犹如少女着春装。

登山海关（自度曲）
二〇一一年

秋登山海关，满目激情牵。

叠嶂燕山峰似黛，无边渤海碧如蓝。

风起老龙头，日照怀中收。

长城万里横北国，悲歌一曲唱千秋。

闲游圆明园荷花正开（自度曲）
二〇一一年

东风拂面凉，款步过荷塘。

亭亭玉立朝天笑，朵朵溢清香。

过嘉峪关（自度曲）
二〇一二年

古道客行远，一路轻车嘉峪关。

丝绸情牵牵。

断壁残垣无觅处，河西走廊换新天。

登嘉峪关（自度曲）
二〇一二年

千岩万壑江山，秦砖汉瓦险关。

登临如梦初醒，古道黄沙漫天。

香满城，花似雪，魂飞千载雨如烟。

而今关隘展新貌，腾起苍龙云海间。

游太湖（自度曲）
二〇一三年

水碧细波流，荷妍入画舟。

雨霁云开观丽日，风吹苇舞荡轻柔。

鳞戏涟漪秀，鹭鸣翠韵幽。

堤柳纤腰舒广袖，岸桃含笑醉双眸。

登三清山（自度曲）
二〇一三年

登上三清险峰，山岚尽在画中。

奇山怪石天生妙，云海松涛气势雄。

入山难分日月，归跻不辨西东。

江山亘古千秋秀，造化天然万古葱。

黄山观日（自度曲）
二〇一四年

雾蒙蒙，步匆匆，踏醒黄山大小峰。
峰峰露峥嵘。
但等云开雾散时，一轮红日悬碧空。

登百步云梯（自度曲）
二〇一四年

烟迷离，雾迷离，步步踏在白云里。
如梦登云梯。
百步尽头景更奇，五峰高耸碧天低。

登花莲峰（自度曲）
二〇一四年

花莲峰，峰似莲，穿过云涛刺破天。
黄岳最高点。
登临不敢回头看，低头缓步气也短。

登石柱峰（自度曲）
二〇一四年

石柱峰，峰最尖，刺破青云顶破天。
　　　登临最艰险。
黄山自有擎天柱，才与五岳敢比肩。

登宝塔峰（自度曲）
二〇一四年

宝塔峰，如花瓶，穿出云雾日照红。
　　　彩云绕塔顶。
轻风送我上宝塔，一步一阶向天行。

婺源游（自度曲）
二〇一五年

江面烟雨，仙境农家。

白屋徽风正，兰溪竹影斜。

长村幽巷，春光菜花。

新茶香满径，遗韵醉流霞。

过娘子关遇雨（自度曲）
二〇一六年

太行多奇险，水复山环野鸟旋。

大雨滂沱千仞壁，云乱九重天。

烽火长城在，遍地狼烟宝剑悬。

雨停风驻云雾散，彩虹挂天边。

过居庸关（自度曲）
二〇一七年

过雄关，上天梯，欲借攀缘揽彩霓。

马嘶延庆北，风啸定陵西。

苍山隐隐云梯险，红叶萧萧古隘奇。

满目新景象，高歌唱晨曦。

泛舟古运河（自度曲）
二〇一七年

日暮清秋泛小舟，欢声笑语水中游。

蜻蜓绣碧花，彩蝶衔香羞。

垂柳轻摇燃灯塔，夕阳斜照古桥头。

波光呈美景，晚霞映金秋。

百花吟(短歌篇)

牡丹（一）

国色溢清香，
蜂飞蝶舞满天芳。
雍容百花王。

玉质丽姿甘露润，
尧封喜沐焕重光。

红牡丹

红颜对朝阳，
万绿丛中笑欲狂。
轻染口脂香。

热血满枝情似火，
欲写诗词赋文章。

白牡丹（一）

看似云雾霜，
缥缈仙姑弄羽裳。
无色花更香。

莫说无彩方艳丽，
香波清淡胜红装。

黑牡丹（一）

国色满城香，
奇遇丹仙着墨装。
引来万人赏。

多少后妃争艳丽，
黑衣少女竟成王。

绿牡丹

花比翡翠真,

朵朵绿云天边生。

清香玉为尘。

多情铸就玲珑月,

无意妆成富贵春。

黄牡丹

姚黄西子妆,

独花绽开冠群芳。

如霞闪金光。

只争装点山河美,

无意夺魁登殿堂。

蓝牡丹

碧蓝牡丹彰,
百花之冠气轩昂。
雍容又端庄。

天姿妩媚蜂追蝶,
浪漫风流韵味长。

梅花

梅花雪中开,
勿待东皇送暖来。
俏枝显神采。

玉骨冰肌能耐寒,
百花丛里笑不衰。

红梅

芳香漫苍穹,

梅林花绽笑东风。

百卉影无踪。

血溅北岭残冬去,

迎来花色万千红。

雪梅（一）

雪飞降素纱,

冰肌铁骨玉无瑕。

梅树绽银葩。

冰葩冷蕊香天地,

玉树琼枝展光华。

山梅

甘居深山中，
羞与群芳趣味同。
清白对苍穹。

来自苦寒香亦冷，
流芳独喜伴诗翁。

墨梅

梅开着砚装，
蕊寒枝瘦遭冰霜，
雪中飘墨香。

不愿人夸颜色好，
但留清影散天芳。

腊梅

严寒雪中生，
玉骨冰肌不染尘。
独俏一枝春。

待到百花烂漫时，
仍留清气满乾坤。

扫帚梅

傲雪抖精神，
奇骨高格一品珍。
斗雪花纷纷。

身陷无心争秀色，
笑看大地皆成春。

水仙

与石结良缘,
每逢清水就成仙。
独步早春前。

爱伴骚人吟妙篇,
乐陪才子弄商弦。

报春花

白发着时装,
蜂蝶何曾识美娘。
娇羞露红光。

占尽骚头笑桃李,
春风初拂满园香。

幽兰

深谷自为家，
不露英姿不显华。
草丛隐奇葩。

待到幽香遍地洒，
始知卉园缺奇花。

白兰

幽谷度晨昏，
金屋藏娇植玉盆。
持矜不许身。

淙淙泉水嶙嶙石，
露酿清香月塑魂。

春兰（一）

幽谷深山藏，
百花未绽先播香。
孤芳自欣赏。

不同丹桂争高下，
乐向新春报吉祥。

夏兰

兰者花中王，
一年四季播清香。
无意压群芳。

盛夏百花争艳丽，
甘居深谷散华光。

秋兰

芬芳韵自娇
水墨幽姿实难描。
空谷独清寥。

愿同梅蕊霜前发，
不与桃花雨后凋。

冬兰

正气不浮华，
深山幽境出奇葩。
风姿寄高雅。

清香素淡香风散，
漫入高楼百姓家。

墨兰

小院奇葩栽,

绿叶扶疏几箭开。

素心淑女态。

墨痕清淡幽香雅,

引来诗人歌不衰。

蝴蝶兰(一)

艳丽绽芳菲,

彩蝶双双头上飞。

凌空显神威。

玉簪罗带勤弄影,

犹如梁祝梦魂归。

君子兰（一）

名花君子兰，
生来羡慕艳阳天。
体肥心亦宽。

几经风雨心酸泪，
一展芳容众目观。

玉兰花（一）

笑对艳阳天，
玉洁冰肌美若仙。
无叶花开前。

流溢暗香招骚客，
春光洒处倍觉妍。

迎春花（一）

饮雪绽金黄，
不见蜂蝶独自香。
柔枝展眉长。

待到山花烂漫时，
但为春光做伴娘。

海棠树

海棠花开浓，
春到人间满树荣。
日照绮丛丛。

借艳罗绫愧莫同，
无香从不怨东风。

海棠花（一）

窗下展风采，

袅袅婷婷着意开。

清香入梦来。

近如云锦远如彩，

醉倒诗人与画才。

杏花（一）

杏花枝头闹，

满天香雾酒旗高，

十里红云飘。

董奉园里何处是？

牧童手指路迢迢。

桃花（一）

凭栏看桃花，
婆娑影透碧窗纱。
村野色增华。

狂蜂漫舞衔红粉，
痴蝶飞来点绛纱。

梨花（一）

满树白玉艳，
枝头雪压映陌阡。
翘首向蓝天。

冰清玉洁颜女雪，
更有黄鹂百啭喙。

杨花（一）

缤纷戏九重，
舞霜飘雪迎东风。
如诗入后宫。

游魂悬魄入春梦，
贴鬓沾襟逗醉翁。

柳絮

叶绿花脱缰，
高飞低卷伴轻狂。
歌舞闹春光。

韶华不待西风起，
混迹荆丝两鬓霜。

榆英

花形像铜钱,
疯掷狂抛撒雪片。
扬袂舞翩跹。

落叶也晓人情浅,
拜了前堂礼后轩。

槐花（一）

如兰气吐芳,
春染梢头凝雪霜。
乐献万家赏。

有朝一日经风雨,
脱落繁枝遍地香。

李花（一）

春临冰雪融，
皎洁玉颜迎东风。
花开微透红。

不慕桃花不羡梨，
淡雅靓妆斗诗翁。

荷花（一）

叶如翡翠浓，
朵朵荷花绿缀红。
傲立碧波中。

身陷浊泥污水涌，
依然玉洁见高风。

秋荷

秋深荷飘香,
亭亭玉立翠钿装。
高洁与天长。

仙子凌波迷曲径,
独逢金骨斗寒霜。

野荷

翠盖拥红妆,
翘首身挺野荷塘。
花开十里香。

映照蓝天云似锦,
污泥浊水见霞光。

莲荷

碧翠耀眼前,
花含晓雾雾含烟。
英姿俏向天。

不染污浊不染泥,
染透水光景色鲜。

令箭荷

令箭美名扬,
嫣红姹紫映亮光。
花开水中央。

千层不染纯洁妆,
冷落人间吐暗香。

月季

无日不春风,
年年月月花开红
一世千秋景。

刺锐豺狼不敢近,
蕊香蜂蝶总相亲。

石榴

满地石榴丛,
五月花开烈日红,
枝枝挂灯笼。

待到金果变玉钟,
山河映得满天红。

杜鹃花（一）

冰容待露开，

素妆西子立瑶台。

颔首绽香腮。

千重似火倚云栽，

万朵连梢壮情怀。

茉莉花（一）

人间第一香，

淡淡风韵掩群芳。

炎日玉肌凉。

如花瑞雪蕾如姝，

好伴骚人读华章。

朱顶红（一）

挺拔傲苍穹，
形似漏斗对长空。
花开数日红。

惯向人间开笑脸，
端庄凝重自雍容。

仙客来（一）

仙客西天来，
浓抹淡妆立瑶台。
如霞朵朵开。

含羞低头难猜透，
香飘书屋吐情怀。

扶桑

叶绿状如桑，

貌艳姿丰着靓装。

娇羞散清香。

不与国花争地位，

鉴真东渡结友邦。

凌霄花（一）

花开寄树梢，

善攀高物上九霄。

独立自飘摇。

生来就有凌云志，

盈风荡气开怀笑。

虞美人

细茎柔枝嫩,

花开平野报君恩。

万载美人魂。

血溅乌江香欲殒,

悲歌一曲红千村。

太平花(一)

雪痕映窗纱,

清香洁白玉无瑕。

春色满中华。

但愿四海兵戈息,

五洲遍开太平花。

马兰花（一）

朴实又顽强

不择房前屋后长。

无心巧梳妆。

不与名花争色彩，

勇为绿野做伴娘。

吊兰（一）

新绿浮芳草，

梁悬柱挂绿丝绦。

娇嫩碧玉雕。

柔蔓银花姿素雅，

香驱浊气满居飘。

榆叶梅

称梅并非梅,
早春二月竞芳菲。
叶绿吐花蕾。

不图名贵臻繁茂,
只为春色添娇媚。

夹竹桃

叶茂卷狂飚,
非竹非桃过小桥。
枝繁永不凋。

绰约芳姿美女貌,
红颜毒汁化香飘。

葵花（一）

平畴田野长，
盘盘硕果吐清香。
身心永向阳。

翠叶葱茏如碧玉，
花开璀璨闪金光。

天竹葵

雪里炼神采，
浓妍锦簇送香来。
孤独依墙开。

花同夕日红似火，
温暖千家任意栽。

芭蕉

云游见芭蕉,

倩影婆娑映碧霄。

舒展分外娇。

叶叶相思抽不尽,

丝丝情意任寂寥。

牵牛花（一）

叶嫩倚墙头,

晨露欢欣见日羞。

双色逗风流。

喇叭欢歌唱自由,

几经奋力似牵牛。

睡莲（一）

娇艳水中仙，
夜合晨开带露眠。
情深意缠绵。

污泥不染品洁廉，
根生无限藕丝牵。

铁树

碧玉置阶前，
剑胆琴心铁骨煎。
花开越千年。

叶绿不辞冰雪地，
翠枝可避酷暑天。

文竹（一）

纤纤绿霞彩，

墨玉盆中信手栽。

清纯翠云态。

竹韵松风扬正气，

芳姿文雅捧花来。

菊花

花绽九重阳，

它花凋谢我独香。

晨雾洒轻霜。

自有芳魂丛里笑，

千红万紫绚秋光。

山菊花

隐在荒山岗，

不与群花争艳妆。

遍地洒清香。

秋来清晨洒轻霜，

昂首傲然迎朝阳。

翠菊花

英姿淡淡妆，

含情脉脉自昂扬。

娇小却大方。

繁花不羡三春景，

冷艳能熬九月霜。

仙人掌花

掌绿刺高扬，
常遭冷落弃篱旁。
昂首笑脸张。

烈日热土无水润，
晨阳金花世人赏。

佛桑花

天生美佛桑，
俊俏仙珠着霓裳。
既红又端庄。

朝开暮合枝繁盛，
书屋香斋诉衷肠。

蔷薇花

粉花初夏开,
叶绿葳蕤影去来。
簇簇醉心怀。

清风阵阵香飘远,
锐刺牵衣又吻腮。

六月雪

花开六月天,
犹如冰雪爽心田。
辍满绿枝间。

乐成盆景招人醉,
奇石根堤结诗缘。

郁金香（一）

云水浴琼芳，

嫣红姹紫着霓装。

娇容国色香。

俏姿丽质惹人爱，

繁花如绣醉河阳。

桂花（一）

艳丽又温柔，

花开八月展风流。

馨香遍地留。

骚人墨客诗书画，

笃情装饰世间秋。

罂粟花（一）

娇姿绝物华，

苍天惹事一奇葩。

含毒利医家。

玉液无情湮世界，

贤明有限患天涯。

蝴蝶花（一）

庄生梦魂醉，

春情素颜斗芳菲。

举笔墨花飞。

曲径烟浓春欲翠，

南园春暖绿正肥。

一品红（一）

葱茏一点红，
万花凋谢入寒冬。
昂首向天宫。

愿在人间争晚景，
老来色泽似孩童。

一品白

独立枝头春，
酡颜越醉越精神。
朱门一品身。

三冬有雪身常暖，
四壁生辉纭纷纷。

千日红

火球千日红，
巍然挺立绿葱茏。
花与人不同。

野田娇艳园难锁，
花向长天露笑容。

十姐妹花

千萼一蕾开，
宛若十仙上瑶台。
英姿显神采。

莫言花小娇无力，
慷慨送馨永不衰。

绣球花（一）

红日丽神州，
翠装罗裙素女柔。
团团冷香幽。

含羞玉蝶春情吐，
疑似宝钗抛绣球。

马蹄莲

蹄痕遍大千，
长河古道纵横绵。
香波百花园。

人意花情皆睦善，
刺破云雾共腾天。

紫薇花

碧野紫薇红，
云散雾收露彩屏。
如火绮丛丛。

个园叶翠惹人爱，
后君花妍沐东风。

夜来香

玉身着翠妆，
亭亭秀丽不张扬。
夜中频送香。

星闪月影芳徜徉，
娥女飘然出绣房。

山茶花

剪碧雕红裁,
天然国色山茶开。
蝶浪蜂狂采。

端庄清秀洁无瑕,
丽质琼枝映玉台。

木兰花（一）

甘露灌情怀,
裹白妆红久不衰。
风吹花便开。

寰宇为何繁似锦,
只缘仙女撒花来。

紫丁香

黄昏欲望休，
妖红艳紫竞轻柔。
花谢梦风流。

可怜不展丁香结，
开到春风已白头。

白丁香

冷颜素衣裳，
不施粉黛又清香。
日夜思情郎。

仙姝群里芳菲艳，
偏爱从容淡淡妆。

百合花（一）

花香无异彩，
玉立冰姿婀娜开。
暗香醉君怀。

百年好合吉祥兆，
素雅芳容立阳台。

瑞香

玲珑紫罗裳，
影动花寒韵味长。
风流助诗狂。

最是中午初睡醒，
骚人熏得梦魂香。

山丹丹花（一）

滴滴殷红血，

化作山丹朵朵鲜。

风吹骨更坚。

一生未把芳香吐，

独留丹心照人间。

太阳花

艳红灿如霞，

盈盈笑脸满天涯。

日出闪光华。

不嫌贫富心堪敬，

暮合晨开众人夸。

凤凰花

满城奇香葩，
高筑枝头接云霞。
凤凰绽开花。

色泽不艳衰老减，
迎风夕照才光华。

合欢花

花红叶含情，
女爱男欢盛世惊。
相拥到天明。

草木犹存真情在，
人世更应有诚心。

雁来红

气爽雁南翔，

花叶猩红恋夕阳。

金秋花怒放。

无意争春斗姿色，

老来娇妩少疏狂。

含笑花（一）

花绽微开口，

嫣然一笑解千愁。

含羞又低头。

醇香醉意招人爱，

脉脉深情暗自留。

无花果

异树展风姿,
质朴无华盛誉驰。
硕果满琼枝。

花红淡淡隐花托,
味远清甜果熟时。

串串红

秋深满地红,
奇葩弄放斗西风。
路人笑不停。

万串千枝成一体,
黄花凋后呈英雄。

牵牛花（二）

腰细志不衰，
攀高望远寄胸怀。
浥露作娇态。

松竹若借三千丈，
敢破层云向日开。

芍药（一）

富丽吐幽香，
绰约仙姿绮画墙。
迎日绘奇芳。

雨露多情神志醉，
暮春艳色可称王。

昙花（一）

夜半送幽香，
朗月溶溶映素妆。
盛夏乘夜凉。

最厌世间蜂蝶舞，
含羞一笑胜群芳。

雪花

飘洒九天外，
愿与梅花一树开。
天空见神采。

莫道无香不艳丽，
粉身却可净尘埃。

冰花

凌寒独自开,
清纯高洁远尘埃。
花枝有神采。

美梦终在三冬蕴,
真情藏于雪中栽。

百花吟（诗词篇）

牡丹（二）

五彩缤纷国色香，雍容富贵黯群芳。
壮元红冠翡翠绿，魏紫姚黄花卉王。

白牡丹（二）

乳白衣衫仙女裁，天香国色为君开。
今朝陪伴春风度，但愿浓情永不衰。

黑牡丹（二）

牡丹绽放闪光彩，为伴郎君独自开。
绝色倾城扬翰墨，黑衣少女登瑶台。

洛阳牡丹

汉宫国色抗皇娘，幸免杀头贬洛阳。
久历严寒冰雪后，英姿竟变卉中王。

曹州牡丹

绿翠红香满地霞,春临平野绽奇葩。

始知富贵仙乡种,领略人间第一花。

菏泽牡丹

国色天香花烂漫,缤纷五彩蔚奇观。

花开平野香铺地,菏泽牡丹秀可餐。

水仙花

淡墨轻和玉露浆,凌波仙子素衣妆。

芬芳四溢传春讯,偕与梅花送瑞香。

雪梅(二)

云暗雪飞降素纱,凌寒怒放傲芳华。

冰葩冷蕊香天地,玉树琼枝映彩霞。

春梅

桃未盛开杏未终,凌寒梅笑斗春风。

清香浓郁浸天地,轻洒夭桃一片红。

荷花(二)

十里荷塘荡碧波,荷姑妩媚似仙娥。

亭亭玉立朝天笑,蝶舞蜂飞莺唱歌。

月季花

花中皇后誉尊容,春夏秋冬四季红。

黄绿赤橙蓝白黑,万妩千媚笑东风。

紫丁香

紫色云霞满树开,芳香流溢独徘徊。

柔枝摇曳春风度,恍若九天紫气来。

大丽花

天竺牡丹颜色娇，风姿典雅展妖娆。
绽蕾不借东风劲，满目芳菲起浪涛。

报春花

红颜白发着时装，含羞妖娆美娇娘。
寒山亭立笑桃李，喜迎春风满地香。

迎春花（二）

春来料峭雪还飘，花朵金黄压枝条。
体小态柔无媚骨，风流倜傥应春邀。

杏花（二）

薄粉轻红带笑开，春心难耐出墙来。
清香皎洁惹人爱，慢启朱唇吐情怀。

桃花（二）

霞飞香溢润青台，河岸夭桃带露开。
蝶舞蜂狂花欲醉，春风柔雨沁心怀。

梨花（二）

玉洁冰清似雪开，纱巾半裹掩香腮。
无心矫饰争春艳，雨带芳菲涌入怀。

李花（二）

皎洁玉颜春气浓，素花盛放拂东风。
不同夭桃争姿色，却输桃花一段红。

雪莲花

洁身默默远红尘，独立高寒献一生。
不与群芳争艳丽，餐风啖雪铸精神。

含笑花（二）

四季花开冠九州，嫣然欲笑却低头。
醇香醉意招人爱，脉脉深情暗自流。

红棉

沐雨经风志不摇，攀枝舒展刺云霄。
花红似火冲天笑，愿与金乌比低高。

吊兰（二）

一捧飞瀑半空悬，几缕清姿翠叶鲜。
不慕他花争丽色，梁悬柱挂美若仙。

牵牛花（三）

小路山村处处家，村前村后绽红花。
追风逐雨真情在，步步登高映彩霞。

紫藤花

如帘垂幕慰灵台，蔓藤如龙紫气来。
好像飞流无瀑响，奇葩滴翠洗尘埃。

蔷薇

葳蕤叶翠依墙来，簇簇花蕾初夏开。
阵阵清风飘爽意，垂丝满架笑开怀。

鸡冠花

绿服朱冠立晚秋，嫣红姹紫占风流。
庭前路畔群芳羡，墨客骚人暗驻眸。

合欢花

七月流云火样红，腼腆少女斗春风。
清晨敛尽芳菲美，夜合欢娱锦帐中。

百合花（二）

云裳仙子绽芬芳，百世和谐美梦长。
品格清纯情爱重，满园旖旎更馥香。

绣球花（二）

翠碧罗裙淑女柔，银装素裹罩龙头。
含羞玉蝶春情吐，疑似宝钗抛绣球。

琼花

琼花满树千盘盛，一夜绽开天下闻。
翠叶玉珠良足贵，香姿不负广陵春。

天女花

丽质艳姿天下奇，为何名字称天女。
只缘长住高山顶，难觅郎君含泪雨。

樱桃花

碧叶翠枝注晓晖,千蜂万蝶满园飞。

花芳色艳莺歌舞,玉树琼林放异辉。

罂粟花(二)

玉液无情乱世界,毒浓有限香医家。

风姿俏丽引人爱,祸福难评是此花。

金钱花

看是草花都是钱,奇花异草俏姿妍。

情深满腹行人世,除掉沉疴逗圣贤。

金银花

沿壁腾空气势强,金银两圣结鸳鸯。

白黄携手驱顽疾,除烦消暑胜雪霜。

金钟花

枝头倒把金钟挂,挺拔精神实可夸。
不去凡尘争艳丽,庭堂雅室泛红霞。

金凤花

花绽犹如凤尾开,翩然起舞占香腮。
娇姿风韵引人爱,灿若红霞醉客怀。

一品红(二)

喜覆冬云称一品,严霜染色步从容。
翠枝装点朱门灿,葩叶猩红映太空。

一串红

无须厚爱显葱茏,有意经承雨与风。
荷败菊残冷气袭,傲然怒放越寒冬。

凌霄花（二）

秋月凌霄爬满崖，万山开满喇叭花。
有朝大树扶摇上，丽日蓝天吹喇叭。

扶桑花

仙姑天降美如桑，貌美姿丰着盛装。
无语娇羞娘子样，朝开暮合送清香。

太平花（二）

清香洁白玉无瑕，雅号尊称乐万家。
但愿人间兵戈息，寰球共赏太平花。

太阳花

小花点点满园开，绚丽端庄遍地栽。
点缀人间逗七彩，骄阳一出乐开怀。

紫罗兰

意切情深芳溢远，仙女珠泪生奇缘。
洞天四月百花谢，竟见紫罗展笑脸。

茶花

剪碧雕红南国栽，灿如烈火雾中开。
蜂狂蝶浪采花甚，乐与梅花吐玉怀。

君子兰（二）

高雅君子碧无瑕，清翠流光绽丽花。
绿叶扶朱开口笑，笑羞百卉香无涯。

杜鹃花（二）

嫣红姹紫满山岗，装点神州着丽装。
不与群花争沃土，荒坡瘠岭自芬芳。

白杜鹃

美若无瑕雪似花,温文尔雅绽奇葩。
虽无色彩染芳树,却有素衣裹晚霞。

红杜鹃

血染芳枝千古秀,痴情求爱醉难收。
子规泣血传佳话,春暖花开情意流。

兰花

兰生幽谷溢清香,玉洁冰清着素装。
羞与牡丹相媲美,骚人笔下赞花芳。

春兰(二)

隐在荒山名不扬,他花未绽先播香。
不同丹桂争高下,乐在新春报吉祥。

剑兰

绿叶素花美若仙，冰清玉洁爽人间。

花如白鹭飞高处，香散青空刺碧天。

玉兰花

亭亭玉树奇葩开，宛若芙蓉出水来。

绰约风姿身自洁，端庄典雅映楼台。

白玉兰（二）

料峭初春无叶吐，琼枝璀璨笑霜寒。

清芬淡雅怀真意，玉树银花映碧天。

木兰花（二）

木兰红艳多情态，裹白妆红久不衰。

不是凡花人不爱，只缘仙女撒花来。

山丹丹花（二）

万绿丛中灿若霞，含羞点点满山崖。

终身不把芳香吐，碧血浇开幸福花。

郁金香（二）

七彩斑斓亮碧空，含情脉脉饮东风。

娇姿百媚引人醉，蝶舞蜂飞百卉丛。

山楂花

人间四月花开浓，簇簇白花遮玉容。

秋后迎来山楂笑，笑脸映日漫天红。

菊花

送爽金风惹我游，黄金满地驱千愁。

篱边把酒情难尽，起舞抒怀醉梦楼。

虎皮兰

慨叹人间造物奇，花枝竟现虎纹皮。
素葩冰洁叶中绽，倾吐馨香怡玉体。

海棠花（二）

月映秋林香夜阑，花开朵朵欲成团。
丰姿艳丽传情韵，倩影妖娆伴我欢。

秋海棠

秋雨秋风损玉枝，绿肥红瘦断肠时。
莫愁粉黛芳容老，败叶枯枝也是诗。

铁海棠

铮铮铁骨势非凡，气壮山河赞勇男。
举剑挥鞭无觅处，血溅平畴染花坛。

佛手掌

轻舒佛掌意绵长,冬雪冰霜放异香。

众手皆垂思念远,高悬灯盏覆星光。

油菜花

丽日风和瑞气升,花开平野更清纯。

黄金铺地百花笑,蝶舞蜂狂贺晚春。

仙客来(二)

仙客翩翩天上来,浓妆淡抹立瑶台。

含羞垂首难猜透,墨室飘香注入怀。

桂花(二)

八月秋来天渐凉,金星满树闪华光。

不同百卉争颜色,愿伴骚人酿酒香。

紫荆花

紫荆色艳姿妖娆,环海路边开更娇。

香似雅兰常绿注,名花今日立港标。

蝴蝶花(二)

蝴蝶生来就爱花,花开四瓣作奇葩。

奇葩可解庄周梦,梦幻梁飞祝女家。

凤仙花

小花玲珑播远馨,不随草色入帘青。

香红乐染村姑甲,摇落芳魂独自吟。

栀子花

满山栀子溢清香,白瓣黄心绿萼张。

雪魄冰花逐炎热,沐浴甘霖笑暑光。

玉蕊花

玉女来赏玉蕊花,绿云携玉绽奇葩。
攀枝弄雪徒相问,满地春风吹玉沙。

芍药(二)

春风三月漫飞花,十里红云映彩霞。
千叶题诗出雅韵,情丝一缕送君家。

杨花(二)

莫道群芳英落尽,青空漫舞散霜花。
满街裁锦态堪见,有意春风卷云纱。

米兰

美如粟米闪金光,难见花体着丽装。
素雅清纯逞翠绿,百花园里散奇香。

槐花（二）

一夜东风堆白雪，千姿弄月着梳妆。
缟仙白帝临人世，素靥山川醉梦乡。

蝴蝶兰（二）

五颜六色绽芳菲，彩蝶双双头上飞。
玉簪罗带巧弄影，宛如梁祝梦魂归。

茉莉花（二）

茉莉高风性格张，千英袅娜袭人香。
芳心醉得心花动，一曲民歌寄世长。

薰衣草

紫花醉绽绿枝头，浓郁芳香冠九州。
采摘一枝来做伴，相亲相伴别他求。

橘花

平野橘林花似锦,清纯玉洁素雅心。
芬芳熏得游人醉,秋实累累灿若金。

木莲花

千古芳踪枝上绽,温柔有度拂轻寒。
纵情一夜花前醉,粉脸凝脂露笑颜。

令箭荷花

令箭荷花山野家,仙人掌上绽奇葩。
芬芳美艳时人爱,墨客举杯饮酒茶。

鹤望兰

生在南非移华夏,漂洋过海另安家。
塘边幽径花开艳,百卉园中映彩霞。

朱顶红（二）

朱顶花开朵朵红，花团锦簇笑春风。

小园游客如云动，百媚千娇曜碧穹。

虞美人花

鲜红点点铸花魂，传世悲歌赞美人。

楚汉相争香玉陨，为君拔剑化红芬。

紫萼

碧叶紫花托玉簪，娇羞素面靥中含。

翠萼摇曳钟铃脆，响彻林间震紫坛。

仙桃花

碧桃天上露和栽，富丽高雅含情态。

光洁持矜无人赏，相思泪水挂香腮。

梧桐花

沐雨经风仙界栽，拨云饮露染香腮。
呕心沥血终生梦，一片丹心筑凤台。

泡桐花落

一夜风狂雨亦狂，泡桐花落倍神伤。
紫云片片随春去，化作尘泥土也香。

豆蔻

叶吐春兰豆蔻稠，花开二月俏梢头。
香如檀木四方溢，仙姿秀色笑温柔。

铁树花

钢柱铁叶绽铜花，百卉园中灿若霞。
人说千年花不放，一朝花绽笑天涯。

睡莲（二）

美人水上享清闲，暮合晨开伴月眠。
一片芳心连碧水，柔情月浴魂梦牵。

昙花（二）

九天仙女下瑶台，欲露芳容夜晚开。
身着素装披月色，玉颜初见即收腮。

仙人球

无枝无叶刺围身，朵朵花开美若神。
妩媚娇姿传好运，幽香缕缕醉才人。

仙人掌

叶叶长针叶叶掌，不争名利爱朝阳。
孤高冷颜无媚骨，绽放金花分外香。

满天星

花开朵朵美玲珑,小院四时与春逢。
香可醉人何必酒,只要观赏满天星。

马齿苋花

花微如草卧田间,一朵一枝任品鲜。
不入百花群卉谱,却能济世餐饮前。

含羞草

小草含羞笑意微,篱边河畔绽芳菲。
枝枝朵朵人皆爱,清淡香飘骚客恢。

绣球花

花如锦簇形如团,圆润丰腴胜玉环。
穿紫披红凝雅艳,娇花朵朵压枝弯。

马兰花（二）

荒芜绿野塄头旁，不择房前屋后长。

天旱地干不惧怕，只知奉献舞霓裳。

文竹（二）

郁郁葱葱如绿云，针针点点若繁星。

松如竹韵风清雅，刻骨聪颖孺子心。

葵花（二）

柳绿桃红葵自黄，盘盈硕果吐清香。

恶风摇曳腰杆直，昂首挺胸向太阳。

芦苇花

根深叶茂溢清香，昂首苍穹韵味长。

历尽狂风经暴雨，亭亭瘦影满头霜。

棉花

绿叶青枝着雪花,常将身世共桑麻。
群芳谱里无名姓,却送温暖馨万家。

泪花

无根无叶无枝丫,七情六欲可绽花。
春水秋波眼里澜,烦忧苦痛溅奇葩。

小草

冰欺雪压风沙侵,寒暑枯荣谁问津?
唯有春风吻面过,苍葱青翠吐真情。

塑料花

巧作娇柔竟乱真,全凭假象去迷人。
奈何虚伪无生命,虽放千红不是春。

五律·牡丹

神州第一香，国色冠群芳。
品格高天下，声名播远洋。
千花呈异彩，万蕊发华光。
装点河山美，人间花卉王。

五律·芭蕉

小院有芭蕉，婆娑映碧霄。
芳心情脉脉，翠袖雨潇潇。
脂粉存高洁，幽香解寂寥。
残冬憔悴尽，春到吐新条。

五律·夹竹桃

叶茂卷狂飚，枝繁永不凋。
花开铺锦绣，液渗化香飘。
披雪心难动，蒙尘志不消。
任凭污浊染，挺立不弯腰。

五律·玉兰花

冰清一圣葩，绽放满枝丫。
仙女银杯举，观音净瓶拿。
红颜迷俗客，清气播天涯。
人世多浮浊，佳人昭厦华。

五律·木槿

朝开木槿花，色彩似烟霞。
花俊炎炎笑，叶飘凛凛沙。
红颜多薄命，夜晚色无涯。
暮合有何怕，天明花更佳。

五律·芍药花

姣红拨绿襟，羞态露珠淋。
鹤顶怀藏玉，梅腮额扑金。
题诗凝雅韵，入画醉芳心。
革故添新曲，娇姿为客吟。

七律·木芙蓉

初开似雪微含红，映日迎风花色浓。

万树娇丹依软翠，千山冷艳斗罡风。

霜痕难夺胭脂晕，雾影轻摩碧倩笼。

举世徐娘昏抱恨，妒卿不减少年彤。

七律·蝴蝶花

四瓣花开四翅翩，纷纷彩蝶乱郊原。

遐思可解庄周梦，梦幻能牵梁祝缘。

曲径烟浓春欲晚，南园春暖绿正酣。

春心素艳浑无邪，好借滕王妙笔翻。

七律·美人蕉

霏霏云雨洗尘埃，片片情深带露开。

妆借青荷舒广袖，脂涂红日晕双腮。

小楼夜雨添新韵，水榭晨风解宿怀。

丽质妩媚人倍爱，几曾沾惹蜂蝶来。

鹧鸪天·兰花

深谷巉岩独守身，未经蜂蝶乱芳魂。
幽香缕缕浑如梦，花似仙娥月似盆。

情淡泊，意深沉，长留清气满乾坤。
愿为郑燮三升米，不换和珅一斗金。

鹧鸪天·茉莉花

不爱浓妆爱淡妆，平生只为吐芬芳。
烦与桃花争艳丽，喜同茶叶送清香。
幽韵远，复生霜，暑天尤觉玉肌凉。
花如瑞雪降琼窗，可伴才人读华章。

鹧鸪天·雨后荷

雨后荷塘万点红，清波碧水绣芙蓉。
幽香自是瑶池种，秀色能追玉液浓。

君子腹，美人胸，污泥不染有高风。
亭亭玉立朝天笑，面对骄阳不改容。

鹧鸪天·夜来香

白昼不呈紫粉面，夜来绽放供人赏。
此花休作常人看，励节甘披露与霜。

无硕果，送清凉，黄昏子夜吐芬芳。
多情更在落叶后，犹献香精做药尝。

鹧鸪天·丁香

曾与伊人牵手游,丁香花谢梦难收。
碧池静水波澜起,银杏梢头月似钩。

人已老,水长流,魂梦唤起心中愁。
灞桥杨柳年年绿,难耐相思终不休。

鹧鸪天·月季

倩影娉婷小院中,青枝翠叶四时同。
香如月桂云天外,貌似青荷烟雨中。

花艳艳,叶重重,玉魂翠魄露华容。
几番方序随人愿,芳心朝暮浴东风。

鹧鸪天·野菊花

谁到秋天着艳妆？平畴野菊放清香。
不同粉杏争颜色，却伴红枫斗劲霜。

姿飒爽，气昂扬，岩边土路藐风狂。
寒霜难折清芬节，花老枝头仍带香。

鹧鸪天·梨花

寂寞香魂带露开，清明过后净尘埃。
梨花淡白柳飞絮，梅落枝头绽素态。

冰作骨，玉为腮，云霞几缕远山栽。
三春岂降连霄雪，蝶舞蜂飞乱绕怀。

采桑子·菊花

重阳菊绽容颜秀,楚楚含羞。
楚楚含羞,瘦影东篱恋晚秋。

凄风苦雨情依旧,独抱枝头。
独抱枝头,誓不弯腰媚俗流。

西江月·水仙

碧水锦盆澄澈,慧根灵石晶莹。
葳蕤茁壮叶青青,绰约风姿可敬。

檐角悬冰寒冷,玉容犹吐芳馨。
凌波仙子步轻盈,一代风骚独领。

渔家傲·油菜花

田野山川风景丽，菜花漫地连天际。
浮动清香飘远溢。蜂蝶喜，纷纷飞人黄云里。

不入园林无所计，甘为农家添春意。
粉簇锦团何旖旎。丰收景，江南江北金铺地。

西江月·野草

不怕火烧冰压，不求蝶舞蜂哗。
每逢泥土就安家，装点山川无价。

脉脉情含大地，茵茵绿染天涯。
敢教荒漠敛飞沙，碧水绿洲如画。

西江月·塑料花

扮得争奇斗艳，借来姹紫嫣红。

幽兰秋菊一芙蓉，一副真花面孔。

得意招摇过市，恬然居留花丛。

寻芳采花一场空，蜂蝶狂遭愚弄。

山花子·刺玫瑰

叶长枝疏碧玉光，新花灿烂理红装。

法身带刺不须近，放异香。

露重人夸颜色好，撷取一枝送情郎。

人间自有真情在，吐衷肠。

山花子·六月雪

夏日凉风袭玉台,落英满地白皑皑。
宛若窗前飘细雪,爽心怀。

忽忆窦娥含恨怨,枝垂花为冤屈开。
动地感天六月雪,诉情态。

山花子·山茶花

雪里花开千朵稠,春来锦簇醉人眸。
满树山茶诗一首,逗风流。

露出竹篱红映水,高齐禅寺白拥楼。
剪碧雕红花绽秀,遍神州。

山花子·仙人球

茎重千斤形似瓜,刺中盛绽大银葩。
直立茫茫戈壁上,斗风沙。

不悔花开时日短,只求玉蕊风情佳。
居自沙原无异想,恋中华。

山花子·佛桑花

天降仙姝美佛桑,花开四季不张扬。
貌美姿丰情似火,着霓裳。

娇羞妩媚新娘样,朝开暮合送清香。
相伴郎君书案上,吐情肠。

山花子·绣球花

翠碧罗裙素女柔,花团锦簇罩龙头。

含羞带笑春情吐,醉人眸。

红日升腾丽九州,好似宝钏抛绣球。

载舞载歌欢乐够,自悠悠。

生查子·蔷薇

琼姿似牡丹,别有超群处。

不为海棠娇,又压夭桃俗。

浓妆耀眼明,满屋飘香雾。

四季发鲜枝,常对风和雨。

阮郎归·吊兰

清芬飘落九重天,银花紫钵悬。
金心玉叶细纤纤,灵根拂案前。

姿秀美,舞翩跹,书斋诗翰妍。
《离骚》读罢抱书眠,悠然世上仙。

卜算子·山梅

偏远野林中,独自清芳吐。
只有荒山曲径斜,岁末无人顾。

丽质本天生,季节怎能误。
了却冰霜不是香,莫把东君负。

卜算子·白梅

冰冻雪纷飞,梅雪千枝坠。

蝶使蜂媒若问津,乐得身心醉。

一任雪霜侵,狂性很难退。

愿让群芳占尽春,欲与天作怼。

临江仙·金桂

不慕千姿争色彩,任她流尽春光。

每逢素节馥初霜。天生为丽质,万绿震芬芳。

挺过一冬寒雪袭,从容又度炎阳。

秋风乍起醉金黄。而今收桂魄,岁月驻香长。

行香子·莲花

出水芙蓉,翠盖花拥。吐幽香,醉傲清风。
亭亭玉立,绿叶葱茏。比桃花艳,杏花洁,蓼花红。

佳人品貌,君子心胸。居污泥,骨洁香浓。
不妖不冶,高贵雍容。与水相伴,人相爱,佛相融。

江城子·雪莲花

洁身默默远红尘。踏嶙峋,驾云腾。
冰雪峰前,无语送晨昏。
直立高寒抬望眼,空宇宙,小乾坤。

雪山静守不争春。绿衣裙,白腮匀。
雨爱风求,嫩蕾吐情真。
莫道生存环境劣,能挚爱,有清芬。

临江仙·向日葵

翠叶葱茏如碧玉,花开灿烂金黄。
满盘硕果吐清香。四时承雨露,永远向骄阳。

几度花开人易老,霎时两鬓秋霜。
犹留余热满胸膛。悠悠多少事,都在九回肠。

南乡子·含羞草

素面自风流,守望心灵性格柔。
叶细婆婆含腼腆,知羞。风韵纤纤品格优。

生就未它求,望断南鸿不肯休。
每到夜阑长忆旧,悠悠。觅觅寻寻恋晚秋。

长相思·冬青

冬也青,夏也青,玉洁冰清寸草心。
雪中耀眼明。

高也青,矮也青,翠枝绿叶有真情。
墨室伴君吟。

蝶恋花·令箭荷花

寂寞仙灯红半展,初现人间,不肯腰肢弯。
试问尊芳娇何艳?清香散却无人管。

雪映丰姿展笑颜,一腔春情,搅得寒窗暖。
偷约梅花期共勉,天生丽质岂能怨!

蝶恋花·柳絮

似雪迎风吹晓雾，空满沉浮，搅得春将暮。

一但风来留不住，丝丝千缕归无路。

疑似素娥离绣屋，难耐情愁，竟把佳期误。

自有风尘无管束，凭他燕恨莺相妒。

渔歌子·牵牛花

骨媚心高不自羞，攀襟沾腋出人头。

双弄色，逗风流，尤谙吹鼓胜鸿猷。

喇叭欢歌合自由，情当两悦总难休。

浓蔽日，淡迷眸，不枉称号是牵牛。

定风波·睡莲

绿叶田田盖满塘,红轻粉莲醉梦乡,

西下夕阳明目闭,沉睡,天支雾帐水为床。

朝露晨曦花又放,酣畅,无言窈窕映骄阳。

一片芳心甘自在,谁有?风吹十里散清香。

荷花(自度曲)

不枝不蔓水中长,淡泊一生乃靓妆。

绿叶鲜,红花亮,独立幽池散清香。

明洁无瑕壮乾坤,一层不染君子妆。

根秆直,味清芳,荷塘一派好风光。

丹桂（自度曲）

本是月宫种，移向日宫栽。
　　万缕青红入面来。

不与群花并，雨露浴霞彩。
　　丹心一片为君开。

银桂（自度曲）

珠英粒粒香，银桂落轻霜。
　　酿成玉液醉吴刚。

八月蟾宫凉，嫦娥舞霓裳。
　　轻歌一曲人间爽。

槐花（自度曲）

昨夜东风送入窗，满地花香，半窗纷扬。

婵娟初上薜萝墙，雾黯四廊，露浥霓裳。

晨雨吹开鹅蕊黄，撩动清凉，勾动心房。

歌吟带泣更迷茫，情断何方？路断何方？

杏花（自度曲）

殷红鄙视桃艳，淡白笑瞧梨花。

满目香葩，满身烟霞，古刹杏林品绿茶。

丽日明快珠葩，清香侵袭绛纱。

得满山家，香满翠涯，天女燕山撒杏花。

诉衷情·太阳花

泰然笑对骄阳,绚丽又端庄。

身微却爱高洁,蜂蝶任轻狂。

风飒飒,雨滂滂,夜长长。

有谁知晓,一瓣馨香,留给情郎。

多余的话
——漫谈古体新诗

借诗集的出版，我想再说几句多余的话。

我一向认为，写诗就是写人生，就是抒情怀，就是造景创境，构造艺术殿堂。其目的就是用形象而生动的语言、精湛而美妙的形式、纯正而真切的情感、高雅而深邃的思想，去启迪、教育、感染人，给人以美的享受。这既是诗人写诗的目的，也是诗人应尽的职责。

我的诗词，从严格意义上来说，应该是古体新诗，或者称为新古体诗。也就是用旧瓶装新酒的手法，借用古体、格律体诗词的框架，装进新的内容、新的思想，运用现代汉语、语法、词汇来表现当今社会的时代特征。它顺应时代，着眼于当今，为当代人们所接受、所喜爱。这种改造过的诗，既保留了古代诗词应有的诗意、诗味、诗风和整齐、精练、押韵，又充实了新诗的美感、情感、哲理性、现代感；它既弃用了古代诗词中的那些难读、难写、难认的文字、词语、典故，又大胆地把当今人们惯用的通俗易懂的，甚至大众化的语言放入诗中。这样，人们读起来会非常顺畅自然。这种由简到繁，又由繁到简的方法，使诗显得更新颖、更具有美感。就像郑板桥所说的："删繁就简三秋树，领异标新二月花。"

我在诗词写作中，充分利用前人给我们留下的各种诗歌文学体裁，五言七言古风体，唐代近体五言、七言格律和绝句，宋代长短句词，元杂剧中的曲，有时还有用杂言或楚辞体去写。以多样的诗体，丰富了我写诗的趣味，也充分展示了诗词的表现功能。

在借用古代的诗体中，往往遇到不符合古体诗词中的格律规定，我也并不生搬硬套，顺其自然便在诗的标题后加上"自度曲"三个字，说明这是自创的新体。这类诗，我称它为"新体诗"。它既不符合古代的诗词格律要求，也不是当代散文化的自由诗，而是具有古诗词的节奏和韵律，在一定的句式中表现思想、抒发情感，读起来流畅，听起来悦耳，很有韵律和美感。如《泛舟古运河》。

> 日暮清波泛小舟，
> 欢声笑语水中游。
> 蜻蜓绣碧花，
> 彩蝶衔香羞。
>
> 垂柳轻摇燃灯塔，
> 夕阳斜照古桥头。
> 波光呈美景，
> 晚霞映金秋。

两节八句，每节前两句为七言，后两句为五言。节奏感很强。既有古诗词的韵律美，还有当代新诗的流畅感。前后两节格式相同。诗句整齐，情感浓郁，描绘出一幅古运河初秋之美景。

为了完善新诗体的创造，我还在诗词中吸收了域外诗的形式。比如接受并改造过的日本文学体裁中的俳句和短歌。比如：

塞外初秋寒，
牛肥马壮羊群欢。
天空碧如蓝。

牧姑手捧哈达献，
蒙古包前醉不还。

形式活泼，语言畅达，句子长短各异，节奏感又强，描绘出一幅草原蒙古族姑娘接待客人的热情场面。这就是短歌的形式。

日本的俳句和短歌，是受中国古代诗的绝句影响，而形成的具有日本语言特色的诗体。俳句十七音为一首。短歌三十一音为一首。返回来又被我们中国人所接受，再加以改造，便形成了十七个字为一首的汉俳。短歌的三十一音变为三十一个汉字而组成的一首诗。分两节，前面是五七五三行为一节，后面是两句七言为一节。这就是诗歌在国际上的相互影响。中国新诗体也必然汲取各国的、各民族的特点来推动和丰富我国的诗歌发展。

从我写诗的实践证明，要创造中国新诗体，应该在传统的古代诗歌中汲取营养，以此为基础，大胆地从各民族、民间、民歌中接受好的东西，特别是语言的通俗、生动、形象等，还要从外国诗歌中提炼出值得我们接受的精华。这样，我想新诗体必然会在中国的大地上生根发芽。我的诗算是一个尝试，希望能够抛砖引玉，引领更多年轻人走进诗歌新天地！

这本诗集，是我的儿女和孙子们从我近千首诗中细读后遴选出来的。我想可能会符合一些当代读者的口味。虽不是我的诗的全貌，却也反映出我写诗的精神。

诗集出版前，有相当一部分诗已在网上传播过，很多网友也给过多处指点和认可，并希望结集出版。现在终于面世，也算完成了大家和我自己的一个心愿。另外在这里特别说明一下，同窗阎凤梧兄读了我的诗后，对诗的艺术功能——诗情、立意上做了较为全面的评述；同窗许传海兄读了我的"百花吟"篇后，对其诗韵、诗味做了详细的分析；而我最后的"多余的话"，又对诗体的革新做了进一步的说明。将这三篇文章放在诗集前后，希望对读者阅读能有帮助和引领。

2022年11月17日于北京柳岸运河居

诗四首　诗书：张萍

秦淮河感怀　诗：张萍　书法：张艺葳（诗集作者孙女）

佳山佳水秦淮景，清月佳风石头城。痴色痴声，云雨地痴情痴意，梦中人。

录祖父游秦淮河感怀诗 壬寅冬月 艺葳

珏山春　诗：张萍　书法：董国新

缕缕香烟轻似梦，溶溶香色染双峰，千年古寺复原貌，瑞气生辉伴劲松。

张萍先生诗珏山春一首　国新书

知識海洋河虞通

讀書滋味樂無窮

古今博聞聽樂明目

都是勤學苦用功

诗二首　诗：张萍　书法：李爱玲（诗集作者侄女）

王莽岭秋色赋　书法：张星星（诗作者侄孙）

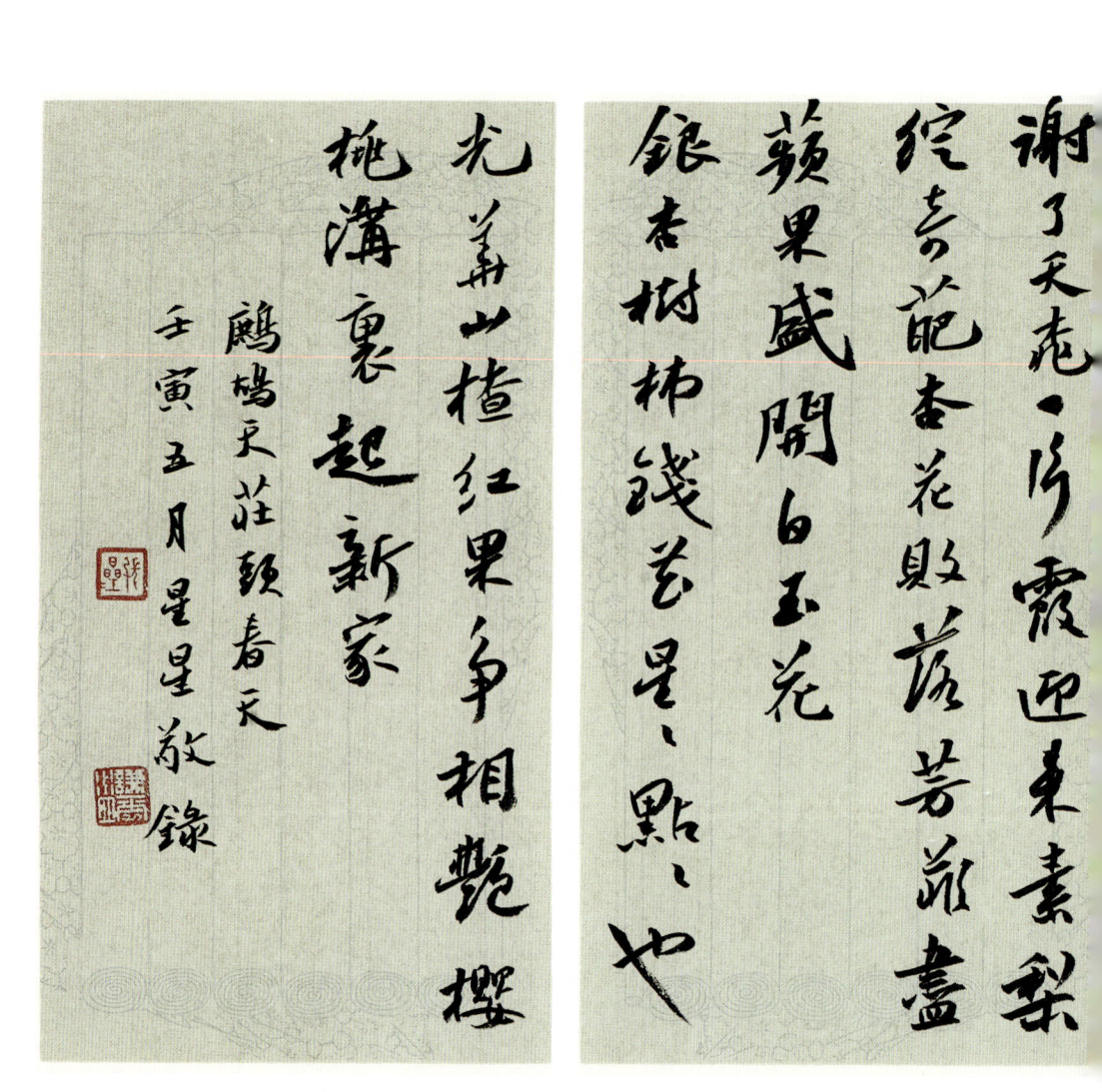

鹧鸪天·庄头春天　书法：张星星（词作者侄孙）

1958年于山西大学

1971年和母亲、夫人、女儿、长子于晋城

1980年和女儿、幼子于晋城

1984年于桂林

1985年于北京

1995年于山西永济

2017年和夫人于北京

2020年和夫人于北京